だいわ文庫

なぜ子供のままの大人が増えたのか

曽野綾子

大和書房

文庫版のためのまえがき

私の幼時は、決して幸福で順調ではなかった。父母は不仲な夫婦で、私は家を火宅と感じていた。つまり家は安心して休めるところではなかったのである。

戦争はもっとも強力な破壊的な力だった。私のローティーンは、アメリカの艦載機や爆撃機による空襲、戦争の結果としての貧困が、その主な記憶である。音楽や映画に夢中になるとか、きれいな服を買ったりファッションを夢見るなどという生活は、考えたこともなかった。しかし私たちはその中で充分、人間として鍛えられていた。戦争はどこから見ても忌避すべきものだが、全く意味がなかったわけではない。私たちは苦労して、そのおかげで大人になった。

今度の東日本大震災の時にもその後にも、戦争を体験した世代は、全く動揺していなかったのは、実に不思議なことである。二〇一一年に、既に七十代後半になっていた世代からみれば、地震と津波、原発の事故などというものも、いつ脱けられるかわからない何年と続いた戦争の恐怖と貧困からみれば、何のこともない、という感じだったのである。

第一、戦争の時は、沖縄から北海道まで、程度の差こそあれ、国中が傷つき、病み、疲れ果てていた。今回は神奈川県より西は、とにかく無傷である。半身マヒで済んだのだ。半身が動きさえすれば、必ず傷ついた半身を助ける。時間が経てば必ず全身も回復する。

東日本大震災は賢くて礼儀正しく耐えることも知っている日本人を世界に示しもしたが、同時に規則が与えられていなければ、自分では何の決断もできない日本人の幼さの一面も露呈した。もちろん私たちの多くは都市型の社会構造の中で生きているので、政治的配慮や法律がなければ日常生活も成り立たない。まったく一人でジャングルで生きるターザンとは違うのである。

しかし最終的には、人は自分の行動を自分で決める他はない。それ以外に後悔しない人生を生きる方法はないのである。だからそれをできない子供のような大人は、やはり悲劇を生きることになる、と言ってもよさそうだ。

それにもかかわらず、いざとなると、日本人は平気で決断を他人に委ねて来たところがある。甘やかされた子供はいつの間にか、親や周囲が決めなければ自分では何も決められない人間に育つ。文科省と教師が何を教えようが、それが間違っていると思われるなら、個々の家庭でそれを正すべきなのだが、そんな勇気を持つ親はほとんどいない。

戦後、いつの間にか完全に日本人の生活から失われ、しかも国民はそれが消えたことにさえ気がつかなかったものは、勇気であった。

ギリシア人は、「勇気」「徳」「奉仕・貢献」を一つの観念として同じ言葉で表した。人が大人になるためには、確かにこれらのものを持たねばならないのである。

今度、このエッセイが改めて文庫に収められるようになったのは、ここに書いている内容が、東日本大震災という大きな国難によってあぶり出された日本人の心情と、少なからぬ関係を持っていたからだろうか、と私は推測している。

二〇一一年三月十一日に起きた東日本大震災は、三万人に近い人々の命を奪った。

その事実の重みは消しようもないが、もし私たちが災難をただ災難としてしか受け止めなかったら、それは不幸に負けたことになる。私たちは、どんなことからも学ぶ時、厚みのある人生を送れるのである。

二〇一一年四月　桜満開の日に

曽野綾子

なぜ子供のままの大人が増えたのか／目次

第2章　人も国も、違うからおもしろい

第3章 意見の不一致は楽しい

第4章　子供に嫌われたくない大人たち

なぜ子供のままの大人が増えたのか

本書は二〇〇五年一〇月、小社より刊行された
『「受ける」より「与える」ほうが幸いである』
に追記し、再編集、改題したものです。

第1章……何でも正直に言えばいいとは限らない

最悪の事態を予想する

前方に「倒木」があったら、すぐに車をUターンさせよ

苦労性と楽天家、ペシミズムとオプティミズム、何と呼んでもいいのだが、個人も国民性も、このどちらかに偏りがちになるのは致し方ないことかもしれない。

日本人のＤＮＡの多くは苦労性で、雨が降れば日照りを心配して悩む国のように見える。私なども常々、自分は悪いことを予想することにかけてはかなりの才能がありますす、などと言っていたが、先日、その感覚が衰えて来ているのを知って愕然《がくぜん》とした。

二〇〇二年の九月末から、私は中央アフリカの数か国を訪問したのだが、そのうちのある国から隣国へ移動するのに、現地駐在の日本人から、親切な申し出を受けた。「陸路を行ったらどうですか。道はよくありませんが、四駆《よんく》も七台くらいなら

チャーターできますから」と言ってくれたのである。私はすぐ賛成し、「それはいいですね。陸路を行けばいろいろ見られますからおもしろいでしょう」とOKを出してしまったのだ。

しかし十日ほどすると、そのルートからほど遠からぬところで、旅行者の車が強盗に襲われた、という情報が入った。その国の軍隊の警備をつけていた民間人の車が襲われたのである。相手も武装した集団で、一人死亡、二人重傷、という。もっとも、これは大使館の未確認情報であった。

しかし小心な私はすぐに陸路の移動を取り止めた。飛行機の席は確保してあったから、旅程は変更しないで済んだ。小心な私としたことが、四駆を七台連ねて移動するなどということの無謀さを、反射的に忘れていたことが恥ずかしかった。

日本人は日本で見る四駆しか考えない。いずれも新車かそれに近いピカピカの車である。その車に飾り物のスコップなどをつけて舗装道路の上を走るのだから、事故を起こしてエンコしている四駆など見たことも想像したこともないのである。

しかし途上国の四駆は、その国の将校などが、軍から支給されている自分の乗用を、運転手つきで貸し出して金稼ぎをしているような場合でも、車はかなりすり減っている。もし七台の車列を組んで、その中の一台が故障したら、他の車も一蓮托《いちれんたく》生《しょう》して停まらねばならない。

九時に出発して一号車が十時に故障し、直るのに三十分かかって出発。十一時五分に三号車がパンク、それでまた十五分停まって、今度は十二時に七号車のエンジンが過熱して停まる。こういうことになったら、目的地に着くのはいつになるかわからない。

つまり七台の四駆の車列は、一台で走る時の七倍の率で故障が起き、その故障がまた沿道のゲリラの襲撃の好機になるとすれば、危険は七倍に増えるわけである。

昔、道の前方に「倒木」があるのが見えたら、何だろうと思って近づいて見るなどということをせず、見えた瞬間に車をUターンさせて元へ戻るのが、ゲリラの襲撃を避ける一つの方法だった時代があるが、その基本を忘れるべきではなかったのである。

予測を立て「ことに備える」のは人間の英知

幸運を予想するということは、いささかの甘さを伴うが、政治にせよ、経済にせよ軍事にせよ、医学にせよ教育にせよ環境整備にせよ、最悪の事態を予想してことに備えるというのが英知の一つの形であろう。しかし甘いものであろうと辛いものであろうと、未来を意識するということは、つまり人生で予測を立てるということなのだ。そして私は人間であれば、誰でも常に予測しつつ生きているのが普通なのだろう、と思っていた。しかしそうではなかったのである。

アフリカの中部の乾燥地帯を、ジープで旅していたある人が、道なき道の向こうに大きな岩を見つけた。土地の運転手はまっしぐらにその岩に向かって車を走らせて行く。どうもぶつかるようで不安だが、こんなによく見えているものにまさかまともにぶつけることもあるまい、と思っていくと、果たして強くではないが、車を岩にぶちあてた。

怪我はなかったが、当然その人は怒った。眼が悪いどころか、日本人とは比べものにならないくらいいい視力を持っているのに、どうしてこんな大きな岩に車をぶつけて壊した、と詰問すると、運転手は、車を岩にぶつけたらどうなるかなあ、と思ったからぶつけてみた、という。昔どこかで読んで忘れられない話だ。

こういう思考の体系をすぐ、教育がないから、とか、運転手としての自覚に欠ける、というような理由で責めるのは間違いのように私は思う。文学的に言うと、これは、眼が覚めるほど新鮮で個性的な答えだ。もっとも、旅行者や、安全性の立場から考えたら、許せないことであるには間違いないが……。

過去と現在と未来をつなぐもの

明瞭な過去、濃厚な現在、そして一つとして確かなものはないにもかかわらず、人間の業《ごう》のように予測というものの糸を絶えず張りめぐらさずにはいられない未来、の区別ができるには、最低限、人は時計やカレンダーを持ち、出生届の制度によって年齢がはっきりしているという形で、時間を自分のものとして実感していなければならない。

しかし地球上、決してそういう人ばかりではなかった。私は途上国を歩いているうちに、その土地に住む十人に年齢を聞いて、彼らが二十五、三十、三十五、四十、と妙に切りのいい年齢ばかり言うことに気がついた。それは彼らが自分の年齢を知らないからだ、ということがその時わかった。

「四十？　若く見えますね。とてもそんなお年には見えません」と言えば、そこで真相ははっきりする。「じゃ、幾つに見える」と相手は必ず聞くから、「あなたは三十五くらいですよ。三十七歳にはなっていない、と思いますよ」と言うと、「じゃ、俺はその年だ」と言ってくれるに決まっているのである。

日本のカレンダーは印刷が非常にいいので、どこの国に行っても人気がある。しかし私の知人の話によると、カレンダーをもらったある村長は、すぐさまそれを一族に分配してしまった。

妹には二月、義理の弟には六月、叔父には五月、従兄には十一月のそれぞれのページをやってしまう。家長、族長として気前がいいのだ。そしてこれらの人たちはもらったカレンダーを翌年も、そして更にその翌年も大切に張っておく。カレンダー冥利につきる、という感じだが、その時、われわれと違って「時は止まる」のである。

だから私が働く日本財団では（当時）、オンコセルカ症という原虫によって失明する眼病の根絶のために、たった年に一度飲ませればいいという予防薬を普及させるのに、けっこう苦労している。年に一度という観念はまず誕生日がわかっていないと、かなりむずかしいことなのだ。

伊勢神宮は二百年先、つまり御遷宮を十回繰り返す分だけ必要な木材の手当てを、既に御料林でしているという。二百年先を視野に入れて計画しているのだ。

しかし世界中がそうではない。明日のことどころか、今日午後のことさえ考える習慣のない人がたくさんいることを、私は新鮮な思いで見たのである。

並んで列を作るということ

列を作る習慣のない人たち

ある年の暮れのことである。南アフリカのネルソン・マンデラ氏は、毎年恒例になっている子供たちのクリスマス・パーティーを行った。私たちが考える子供のパーティーなら、親戚の子供たちなどせいぜい二、三十人が対象という感じだが、やはりマンデラ氏のやることは規模が違う。

マンデラ氏側は二万個のプレゼントと一万五千個の食料の包みを用意したが、その日やって来たのはそれ以上の人数だったのである。ポテト・チップス、キャンデー、チョコレート、おもちゃなどと共に鶏料理のごちそうにありつくために、二、三日かけて歩いて来た人もたくさんいたという。

マンデラ氏側は、その日トークショウのホステス、オプラ・ウィンフレイ女史にも出演を依頼していた。そしてオプラ女史は女の子にはお人形、男の子用にはフットボールをそれぞれ数千個用意してアメリカからやって来たのである。

人々がマンデラ氏とオプラ女史めがけて殺到するのも予想されていたので、主催者側は人々の流れを規制するような柵《さく》を作っていた。それが惨事につながったのである。

力のある年長の子供や大人たちが、怒濤《どとう》のように押し寄せたので、幼い子供たちは柵に押しつけられ恐怖で泣きだした。三人が病院へ運ばれた。記事に死者が出たとは書いてなかったので、私はほっとした。

実は民族によって列を作れない、あるいは作ろうとしない人たちが世界にたくさんいるのである。

初めに言っておくが、私は列を作るのがいいことで、我がちに行動するのは悪いことだと簡単に断定する気はない。列を作ることによって自分の番を確保することしかできない民族は、どこか生命力に欠けるような気がすることもある。もちろん先進国は、列を作って順番を待ち、その順序を狂わせないのが人間の理性だ、という。しかし人間の持ち味とは、そんなに簡単に決まるものでもない。

典型的な日本人として、郵便局の窓口でさえ、律儀に列を作る習慣に馴れた私が、初めて列を乱す文化に巻き込まれたのはマルセイユからチュニジアへ車を渡す、そのフェリーの中である。

船はフランス船だったと思うが、乗っているのは、当然、北アフリカのあらゆる国の人たちだ。入国の手続きは船がチュニスの港に入る一時間か二時間前から始まったと記憶する。人々は、手続きが行われているデスクに向かいあらゆる方向から殺到し割り込んだ。

理論的に言えば、私たちは時間を急いでいたわけでもないのだから、ビリになるのを待って手続きすれば、混乱の渦には巻き込まれないで済むのである。しかし人情としては早く上陸してホテルに入り、アフリカのクスクス料理や土鍋料理を食べたいと考えていたので、つい割り込もうとする人に幼稚な敵意を持った。

実はその時、私はこれでは永遠に自分の番が廻ってこないのではないか、という感じさえしたのだ。

そして素直に列に並んでいれば、いつかは自分の番が来て窓口に立てる制度のある社会は何と楽なものだろう、としみじみ感謝したのである。しかしさらに考えてみると、先進国以外は列を作るという制度があまりなくとも自然なのである。

インドで体験したすさまじい割り込み

インドの田舎で、ハンセン病の患者たちの巡回診療をする日本人のドクターについて勉強していた時、言葉もできず医学の知識もない私の任務は、患者たちに列を作らせることだけだったが、それも始終うまくいかなかった。

村には電気がない。だから皮膚の色や形状の変化を注意深く見なければならない皮膚科の外来診療は、私たちが泊まる時にあてがわれる四角いがらんどうのような家の前の空き地で、自然光を利用するほかはなかった。インドのことだから直射日光は避けたい。しかし軒先に置いた診療用のテーブルには、できるだけ光がほしいということだ。

家の周囲には患者が押し寄せるので、六尺棒を持った土地の番人が、時々思い出したように「向こうへ行け」と怒鳴るが、診察を受けようとしている人たち（初診患者も多いから、診断の結果ハンセン病ではないと言われる人も含まれているわけだ）は、ドクターの机を押し倒さんばかりに早く診てもらおうと焦る。

そうなると、ドクターは手元が暗くなり、机も揺すられて診察ができないから、やっと別の誰かが患者たちの整理に出動する。後ろの男の開いた股の間に前の男のお尻をすっぽり入れるという独特のしゃがみ方をさせると、簡単には立ち上がれないから、列を乱されることもない。

この光景は、私の記憶の中に強烈に残った。生の力強さというものを見せつけられたような思いでもあった。

それ以来、アフリカの飢餓難民たちが、救援の食料をもらうのに、我がちに押し寄せることなど、少しも驚かなくなった。それが普通なのだから、そういう力や動きに対してはどう対処するかということをこちらは考えるだけだ。

「整然」か「我がち」か

列を作る方と、我がちと、どちらが能率的かというと、一応整然と行動する方が混乱がないということになっている。しかし、同じ日本人でも、名古屋や関西の人とでは性格が違うという。東京では高速道路の合流点では、一台おきに整然と入る。「しかし名古屋や関西ではそんなことはありません。少しでも隙間があれば、鼻を突っ込んでケンカします」と楽しそうに語る人もいるが、私はまだそれらの土地で合流の現状をしみじみ見たことはないのである。

ブラジルで暮らしている日本人も、池袋の高速道路の見えるホテルに部屋を取り、毎日飽きずにその合流の様子を見ている、という話も聞いたことがある。日本人がそれほどきちんと規則を守る様子は、ブラジルではとても見られない「見物《みもの》」だという。日本人の方が折り目正しいような話だが、いまではすっかりブラジル贔屓《びいき》になっている彼には、日本人の運転の仕方がどこか非人間的で異様だと見えはじめているのではないかと思う。

外国の郵便局では、どんなに行動がのろい人がいても、局員はじっと待っている。我が家では、秘書たちに簡単な電話なら受けながら出欠を答える返信用の葉書に必要事項を書き入れることくらいのことはしなさい、などと阿漕《あこぎ》なことを言う。我ながらつくづく嫌な雇い主、嫌な国民性だなあ、と思うのである。

時間をきちんと守る

ブラジルの小話「ピアーダ」

国民性というものは確実にある、と思う日と、人は一人一人別々で、どこの国にも私自身や知人と同じような性格の人がいるなあ、と感心する時とがあるが、気楽な茶飲み話としては、「違っている」という話をする方が楽しいようである。

日本人は、几帳面《きちょうめん》でやることが正確だ、ということは一応望ましいことになっているが、だんだん年を取ると、几帳面などということは、さして大きな美徳ではない、と思えて来る。もっともそれは外国でビジネスをしない私のような気楽な者の言うことで、仕事をする相手がだらしなかったり、いい加減だったりすると「笑い事じゃない」と思うのが自然だろう。

私はまだ三十歳にもならない時にブラジルに行った。もちろん初めての訪問である。そこで何より感心したのは、ブラジルの「ピアーダ」であった。

ピアーダは、冗談、ブラック・ユーモア、お色気小話、社会風刺などの総称だという。それは主に男たちが、オフィスやバーやその他あらゆる所で、ひまな時に話し合ってはアハハハと笑うものである。

当然ちょっとお色気のあるものもあるし、どちらかというと後味のいい風刺という印象が強いものもある。この話の出所は、人から聞いた話なのだが、著作権があるような作家がいるわけではないから、聞いた話をそのまま他人に伝えて笑ってもいいし、それを適当に歪《ゆが》めたり、自分勝手な解釈を付け加えたりして話しても少しも構わないのである。だからピアーダはその朝できた新作かもしれないし、もう二年も三年も語り続けられている半分古典的名作である場合もある。

ブラジルで私は日系人からこのピアーダを聞かされて、そのおもしろさにすっかり感心してしまった。

記憶に残っているものの中に、「日本人は時間をきちんと守る」というテーマのものが、二つある。

律儀で几帳面な日本人

一つは日本のＪＲが実に時間に正確だ、という一種の事実から作られた話である。

〈日本の鉄道の時間の正確なことは有名です。しかしのんきなブラジル人たちが運営するブラジルの列車はそうではありません。

そのことを知っているある日本人は――その人はブラジル生まれではなく、つい最近日本から来たばかりの人ですから――友達を迎えにいく時にうんと迷いました。時間通り行くべきだろうか。しかし多分列車は遅れるだろう。だから時間通り行くことはない。

しかしもし時間通りに来たら、友達は迎えに出ていない自分をずいぶん冷たい男だと思うだろう。だから、やっぱり時間通りに行かなければならない。

律儀な日本人はその通りにしました。心の中で、半分、列車は時間通りに来っこないだろう、と思いながら。

ところが驚いたことに、列車はまさに時間通りに静々と駅のホームに入って来たのです。日本人は驚き喜びました。近くに駅長がいたので、彼は思わず、駅長に抱きつかんばかりにして言いました。

「すばらしいじゃないか！　列車はこんなに時間通りに来たじゃないか！」

すると駅長はむっつりして答えました。

「これは昨日来るはずの列車です」〉

恐らく最近のブラジルの列車はこんなではなく、もっと時間通り運行されているに違いない。これはいまから四十年近く前の話だ。

大事な商談より初恋の人

もう一つ時間についての笑い話がある。

〈ある日本人は、ブラジルのビジネスマンと大きな取引をすることになって、少し緊張していました。何しろこの大きな儲《もう》け話をうまくまとめるかまとめないかに、彼の出世がかかっていたのですから。

どうせ相手のブラジル人のビジネスマンは遅れて来るに違いない、とこの日本人は思いましたが、それでも彼は日本的律儀さから考え直しました。

「やっぱり時間通り正確に約束の場所に行って待っていよう。明日に限って相手がきちんと現れるかもしれないんだから。こちらが遅れて行くことで、話が御破算になったら大変だ」

彼はその通りにしました。しかし果たしてブラジルのビジネスマンは約束の時間に現れず、二時間近く遅れてやってきたのです。

ブラジルの習慣に慣れているはずの日本人でしたが、つい相手に文句を言いました。

「今日は大切な商談があるから、僕も時間通りに来ていたのに、なんだって君は時間に遅れるんだ」

するとブラジルのビジネスマンは、不思議そうに言いました。

「いや、僕は本当に時間通りにうちを出たんだ。ところが駅前で、昔別れたきり会ったことのなかった初恋の人に会った。だからちょっとお茶を飲んで来た」

理由を聞いて、日本人は腹を立てました。

「君、初恋の人と、この大きな商談と、どっちが大切なんだ」

するとブラジル人は言いました。

「それは初恋の人だろうね。商談は少し遅れてもできるけれど、初恋の人に会うチャンスはそうはないからね。現に君は、こうして待っていてくれたじゃないか」〉

自分の短所を笑いものにできるか

私はこのどちらの話も好きである。日本のＪＲの世界に冠たる優秀さは、そのメンテナンスのよさを支える日本人気質によっている。三十秒遅れたら、遅延と見なすという厳密さと緊張感が、その重要な要素を支えているのだ。

しかし、一方で、一分や二分、いや一時間や二時間、時には一日や二日遅れても、人間が生きる上で、それほどの違いはない、というのも事実である。そのどちらの考え方も立派であるといえるし、同時に困りものだ、とも言えるのである。

私がことに感心したのはピアーダによって自国を笑いものにできるブラジル人の精神の闊達さである。それと同時に他国の人の精神構造を笑いものにはするが、それは温かさを持っていて、冷え冷えとして殺気だった悪意などないことである。

今の時代、イスラエルとパレスチナの間、イラクとアメリカの間、イスラム原理主義と「アメリカ！　アメリカ！」の間にも、こうした笑いを伴う余裕があれば、新たな冷戦構造などかなり違ってきたと思う。

自分と他人の短所を、気持ちよく笑いものにできることはすばらしい。人のワルクチはその人の前で大声で言え。人を褒める時は陰でこっそり言え、という美学がある。とにかく自国と自国民を快く笑いものにできるという「大人げ」において（大人げという言葉は本来「大人げない」という否定形でしか使わないものだが）、ブラジル人は世界でもぬきんでた人たちだと私は思っている。

なぜ日本人は駆け引きが下手なのか

商売は掛け値があって当たり前

この原稿を書いている現段階（二〇〇三年）では、まだイラク問題は国連安保理が査察を実行するか、それともアメリカとイギリス他がすぐさま制裁を開始するかでもめている時期である。

査察団はイラクが査察に協力的でないし、規格外のミサイルをもっていると非難し、イラク側は現実に廃棄作業を開始した。

西欧は基本的に契約を重視した国である。現在はキリスト教などとっくに棄てている人が多いように見える国でも、キリスト教自体が契約の宗教だから、契約を守ることが、国家にとっても個人にとっても大きな道徳だという考えが染みついている。

しかしアラブ諸国にとっては、最初から、掛け値をしないで、商いを成り立たせる習慣などないのだ。

昔イスラエルで、アラブのおじさんがネックレスを売りに来た。もちろんその辺でいくらでも売っている安物である。その時ご一緒していた遠藤周作さんがおじさんに、「いくらだ」とお聞きになると、彼は日本円で千円くらいの値段を言った。

「それは高い、五百円」

と遠藤さんも負けてはいなかった。私はすぐ傍で無責任にその攻防戦をおもしろがって観戦していた。

アラブのおじさんはちょっと考えるふりをしたが、わりと簡単に「オーケー」と言った。遠藤さんは、一瞬拍子抜けされたようでもあったが、とにかく言い値で買うより確実に五百円は安くなったのだから、まあいいとしよう、という感じだった。

しかし遠藤さんがそのネックレスを受け取って数歩、歩き出された時、やはり傍らにいた私の夫は、さも嬉しそうに、「おい、遠藤。これを見ろよ」と満面の笑みを湛《たた》えて振り返った。彼のすぐ前には全く同じ品物を台に載せた他の商人がいたが、そこでは遠藤さんの買われたネックレスに三百円ぐらいの値段がついていた。ということは、それからさらに半分に値切れば、その商品は百五十円くらいが適正価格、ということになる。

台を拡げていた商人の方が良心的で、台さえしつらえていない「歩き売り」をしていた商人の方が小狡《こずる》かったということである。

「あんたがつけた値段」

しかしドラマはそれで終わりではなかった。第二幕目が私にとっては最大の見物だったのである。

遠藤さんに五百円で品物を売りつけたおじさんにとっては、遠藤さんと私の夫の素振りや表情は、むしろ彼の満足度をフルに満たしたようである。彼はつかつかと遠藤さんの所に寄って来ると言った。

「ヨア・プライス。ノー・プロブレム（あんたがつけた値段だ。文句はないだろう）」

悪気は感じられない。しかし本当にこれほど楽しくびっくりしたドラマの展開はなかった。

日本の商人なら、すぐばれるような高値をつけ、しかもそれを簡単に相手に察してしまわれたことは恥ずかしいことで、決して近寄って来たりはしない。こそこそと、かどうかは別にしても、それとなく姿を消してしまうものである。

アラブでは、最初から正直に申告するのはバカ？

こういう性格がイラクの上層部にないと考えるのはむしろ不自然である。彼らにしたら、最初から正直に申告するようなバカがこの世にいるとは思われない。日本人はコンピュータ産業などで成功して一応頭がいいということになってはいるが、商売や処世術の上では、バカに等しいと思われても自然である。

彼らはまず規格違反のミサイルはない、と言ってみるのだ。それで通ったら、「めでたし、めでたし」だし、通らなくても「だめもと」だ。

文句を言われたら、そこで初めて廃棄を始めるのだ。契約思想に毒されたヨーロッパ人や日本人が、イラクは嘘つきだとか狡いとか言うのは、アラブ人の文化のDNAを知らなさ過ぎるという気がする。

国連安保理に対して、イラクは最初から商売と同じ駆け引きをしたのだ。相手の顔色を見、押せば何とかなると思われたら押し、手ごわそうだと見たら引く。そういう力関係のどこが悪い、と彼らは言うだろう。

日本人は、値段を決める時にも、相手に二つの要素を感じつつ取引をしている。一つは相手の立場だ。相手の家が病人を抱えているとすると、励ましの意味からも阿漕な値段で買いたたきたくない。むしろ何気なく少し儲けさせてあげよう、と考える。

つまり、日本人は自分が損をするのではないが、相手の存在や立場も考慮して、自分が相手の立場から見たらどんな人間に映るだろう、ということを反射的に考えるのである。

しかしアラブ人はもっと正直だ。人間は自分を生きるのだ。相手の立場は自分と関係ない。だから相手の立場など、微妙に察するのが美徳だ、などという感覚は余計なことだ。もちろんアラブ人は日本人よりはっきりと、飢えている人に食べさせる習慣があるらしい。

ただ、アラブには中間色、曇り日の陰影などという感覚はない。常に光が強い土地では、眼に見えるのは光か影だけだ。

将来への配慮か、今この瞬間の決裁か

もう一つ日本人が多くのアラブ人と違うところは、ものごとを長期スパンで考えることである。日本人はこの間の仕事では大分損をさせたから、今度の仕事では少し償ってやらねば、などと考える。しかもこうした配慮を直接相手には言わない。二者の間には特に事情の説明もないのだが、お互いに相手の心のうちを察している。察する、というのは、日本人の特徴である。察しても、しかしそれをあらわには口にしない。日本人ほど、「言わず語らず」「あうんの呼吸」が、うまい国民はいないかもしれない。

アラブ人は今この瞬間で決裁する。十年、十五年先で帳尻をあわせるなどという長丁場の思考はあまりないように見える。人間は五十年も生きないで死んでしまうことも多いのだから、将来を考える方がむしろ思い上がっているのだろう、と私はこの頃もっぱらアラブ的思考である。

お焼香の順番は決まっている方が楽

我が一族の「いとこ会」

私の父方の家は京橋・八丁堀の出で、私は私の一族を「東京原人」とか「東京土人」とか呼んでいる。日本のマスコミは言葉狩りばかりしていて、「土人は差別語だ」と怒るが、「ネイティヴ」というものは、総じて誇りを持っているものなのだ。

日本人はアフリカやその他の土地に住む人が槍と楯を持っている光景など描くと、すぐ「差別」だとか「侮蔑《ぶべつ》」だとか言って騒ぐが、アフリカの多くの国では、槍と楯を持つのは、部族の誇りを見せる正式の儀式の場なのである。

ついこの間も、インドネシア領のパプア州で手製の弓と槍で武装した男たちが集まって、戦争の雄叫《おたけ》びを上げている写真が英字新聞に掲載された。パプア州ミミカ地方では、バンティ村の住人たちが隣接したキンベリ村の住人を襲った。

理由はキンベリの村民たちが、自分たちの村の一人の男を魔法で呪い殺そうとしたからだ、と信じたからである。

もっとも戦士たちの服装は汚れたランニング、伸びきったTシャツ、襟の形のくずれたポロシャツなどでだらしないものだった。しかし、日本人は、今でも多くの民族が正式に戦う時には弓矢なのだ、ということを理解しない。

さて、私の父方の東京原人の方だが、一族はけっこう結束していて仲がいい。三十七年も前に亡くなった叔母の法事などに二、三十人も集まると、誰が誰の次にお焼香をするかという順序まで迷う人がいないことに、私の夫などは初めはびっくりしていた。

お焼香の順序は年齢でも社会的地位でもなく、本家にどれだけ近いか、男として生まれた順序で決まる。結婚して他家へ出た本家の娘は、年が上でもお焼香の順序は後になる。比べるのも申しわけないのだが、天皇家の皇位継承権と似ている。

一族には、「いとこ会」という催しもある。隔年に集まってご飯を食べる。一族の多くがホテル業をしているので、持ち回りで会場を提供する。ステーキが配られると、「お醤油とわさびを頼みます」などとボーイさんに頼んでいる従兄弟もいて、しみじみ東京原人がホテル屋をしていることが実感できる。

「部族社会」で最優先されること

こんなことを書いたのも、イラクの戦争で、徹底してアメリカが理解しなかったのは、イラクの部族社会の観念だったと思うからだ。もちろんアメリカには、日本よりずっと層の厚いアラビストの集団がいるはずなのに、そうした人たちの知恵が少なくとも外側から生かされているようには見えなかったのである。

もちろん、一国が国家として、なぜイラクを攻めるべきかを述べる時には、「表向きの理由」も必要だ。しかし、少しでもアラブの国々を知っている人ならば、アメリカがイラク進攻の理由として掲げる先進資本主義国型の、正義や、解放や、自由などをアラブが本音のところでは別に望んではいないことは明らかなのである。

アラブは徹底した「いとこ社会」である。男の赤ん坊が生まれれば、父親の兄弟の娘と結婚させるのが普通だ。サダム・フセインの内閣の閣僚は、ほとんどが従兄弟か義理の従兄弟、または、また従兄弟である。サダムの親衛隊と言われた特殊部隊は、ほとんどがサダムの親族で結成されていた、という。

つまりイラクという国の旗や意識は、オリンピック、ワールドカップ、国連総会などと対外的な場では統一の標識として使われるだろうが、現実の生活ではすべて同宗教・同部族だけしか信じていない。

フセイン政権以後、暫定政権樹立を第一目標にスタートを切った戦後処理も、つまりは、乱立する部族の長たちが、復興のために以後外国から入って来るお金や利権を、自分たちの部族がどう分捕るか、という抗争そのものを捌《さば》くことにある。

英字新聞はそうした部族の長たちのことを「ワーロード」と書いているが、これは日本語にすれば、つまり「親分」のことだ。イラク国家のために自分の利益を捨てて団結する、などということは全く考えていない人たちである。

民主主義より秩序という安心感

彼らは、自由も、解放も、民主主義的社会も求めてはいない。なぜなら、部族社会というものは、納得できる血縁に支配されている状態こそ安心だからだ。彼らは個人として解放された体験もない。解放はむしろ恐ろしい状態でもある。守ってくれるものがなければ、ミノから出されたミノムシの不安を感じるだろう。

また民主主義は、部族の意向で動くのではなく、常に全く一人で意思表示ができることに馴れていなくてはならない。しかし部族社会の多くの人々は、そんなことのできるような教育も訓練も受けてもいないし、体験もないのだ。民主主義など、くれると言ったって欲しくない。ただ民主主義風の、利益に対する平等は欲しい。

私の育った家の「いとこ会」でも、お焼香の順番は決まっている方が楽なのである。常に女が後だなどというのも、男女同権に反しているが、それはそれで一つの秩序なのだから、民主主義と関係なくても、私たちはそれを一種の安定として、優しく楽しいものと感じるのである。

イラクという国家が一枚岩のように思い、イラクの戦後はイラク国民が望む形の復興がいい、などと識者と言われる人たちが書いているのを見ると、私は当惑する。私自身はもちろんアメリカ型の自由主義、個人主義、民主主義が好きだが、それだけがいいものだ、と信じて疑わないアメリカには白けた気持ちになる。

アメリカ人が「ハンバーガーが、やっぱりこの世で一番うまい食べ物だ。これ以上のものはないね。君だって毎日これを食べたいだろう」と言えば、日本人は、心の中で、「何がハンバーガーだ。こんなものを毎日食って満足している奴はよほど舌が肥えていないんだ」とアクタイをつき、日本人が「鮨こそ最高です。健康にもいいですし、あなただってお鮨だけは食べたいでしょう」と生魚の嫌いな外国人に言っている姿を想像すると、「くだらないお節介はやめた方がいいんじゃないですか」と、言いたくなる。

とにかく、国民などという意識のない部族社会国家のことは、我が「いとこ会」の原人メンバーの方が知識人よりずっとよく理解している。

あうんの呼吸

相手の立場を常に考える日本人

外側から見た状況だけから言うのだが、日本と外国と明らかに違うのがストライキである。ここ数年の間でも、私は何度かヨーロッパの空港で、ストライキのために荷運びの人がいないので自分で運んでください、と言われたことがある。

しかし団体旅行なら中に必ず紳士的な男性と、力仕事が一番得意という頼もしい女性が多数いて(私もかつてはそうであった)、本当に困ったことはない。

日本でゼネストというものがあったのは、一九七五(昭和五十)年が最後だった。

このゼネストは六百万人。公労協、官公労、民間労組の上に、日教組と高教組も加わった。二日間、日本列島は麻痺《まひ》、国鉄(当時)で動いたのはわずかに二・五パーセントだったという。

しかし乗客たちのほとんどは困らなかった。既に国民生活に浸透していたマイカーの乗り合わせ、私鉄やバスの増発、会社への泊まり込み、友人の家への転がり込みなどで凌《しの》いだ。貸し布団は値段が安く清潔だし、むしろ友情や連帯が増した、と感じた市民が多かったのである。

確かに会社に泊まり込めば、夜更けまで心行くまで話もできる。女の子からの思いがけない差し入れもある。こんな体験は貴重である。

ストライキは世界的に見て、する方に同情が寄せられるのだろうが、日本ではなぜか庶民が労組の肩を持たなかった。当時の国鉄で、「運転を打ち切りにします」と放送した車掌を殴った乗客まで出たような記憶がある。

全逓のストは、当然のことだが年末の荷物の滞貨を生み、それが年中行事となった。そこで、「クロネコヤマトの宅急便」のような制度を生む下地ができたのであろう。私の知人は「クロネコヤマトの人は、全逓に脚を向けて寝られないはずだ」と、クロネコヤマトの経営者がそこまで制度をこぎつけるに至った苦労も思わずに言っている。

何か事件があると、テレビの画面に登場して、自分の都合だけを考えたような発言をする人は多いが、実は日本人は相手の立場を非常によく考えている実に数少ない人種のような気がする。もちろんそれもまた、ご都合主義の一種ではあろう。

つまりストをして会社をつぶすのは、自分が跨《また》がっている木の枝を根本から切るような愚かなことだ、とどこかで計算していると思うべきだろう。

「慮《おもんぱか》る」という感覚

昔、私の知人は中東のある町で、日本のジッパーの会社の製法で、現地生産の工場をやっていた。ある年、従業員がストライキをやった。すると七人いた日本人は、四十数人の現地労働者が出てこないなら、それで構わない、と七人で四十数人分の仕事をこなしてしまった。それでストライキは不発に終わった。

「働かないものは食べてはいけない」とか、「怠け者は貧乏になる」とか言うことは、実に平凡な永遠の真実を表している。個人的な怠け根性もストも、結果は同じだ。つまり現実に働かなければ、国家も会社も確実に体力を失うのである。日本でも将来、国をつぶしたくなかったら、ストだけはしてはいけない。

ストでもなく怠けでもないが、ヨーロッパの商店が夏の間一か月間も店を閉めたり、日本でも土日を休んだりすれば、お客も売上げも減るのは当たり前だ。私は決して休みもせず働け、と言っているのではない。うまく交代して休んで、店や組織としては休まないシステムを作るのが最上だと思っているのである。

ストをしてはいけないと、私が書いただけでもう激しい怒りを覚えておられる方のために言うが、私は労働者の権利をないがしろにしていい、と言っているのでもないのだ。労働者もまた、できるだけ平穏に、将来の計画が立てやすい心身の状況の中で、健康に生きられるようにしてもらう権利があるし、労働者をつぶして企業が発展するわけもない。そしてそういうことを、日本の経営者の多くは、労働する側が要求する前に慮ってきた面もあるのだ。

日本の小さな会社というものは、社長がお父さん、社員が子供たち、という感覚をどこかに残してきた。それは封建的な感覚であり、労働者に対するマヤカシだという人も確かにいるが、それでやってきたのだ。

自分の要求だけを通せばいいのか

「あうんの呼吸」という日本語は英語では何と言うのか。私の持っている英語の電子辞書には出ていない。

吐く息と吸う息。二人が一緒にものごとをする時、二人の息がぴったり合うことだという。仕様書も約款《やっかん》もない。説明もいらない。あらゆる状況を想定して作る契約書も不必要。

「（相手に）そんなひどいことはできない」という暗黙の理解が労使双方にあれば、組織の脚を引っ張るようなストライキには至らない、という感覚が日本人にはあるのだ。

それは労使双方の徳である。ストをしなければ解決しないということは、日本ではどちらの側にとっても一種の恥になる。

もちろん、現代では労働者の権利が阻害され、経営陣が横暴だからストが起きる、という一応の理解はどこにでもある。しかしどちらも相手の立場を考えずに、自分の要求だけを通そうとするのは愚かなことだなあ、と心の中で考える人は多い。

私は将来も、日本がゼネストなどを回避する知恵を持つことを望んでいる。人間の知恵は、ただ街角で無為に座っていたり、会社を休んでもサラリーを要求したり、とにかくどんな政治改革にもまず躍り出したりして成り立つものではないのだ。

人間は現実に働き、生産しなければ生きていけない。日本人が、有色人種の中で白人社会に追いついたとしたら、まず働き者だったからだし、嘘をつかなかったからである。

私が知った最低のストは、南アのヨハネスブルクで南半球一の大きさを誇る黒人専用病院のストだった。手術もできない。手術をした人は包帯も取り替えてもらえず、給食もストップした。

見ていられず、白人の婦人たちが給食だけボランティアをかって出た。すると「スト破りだ」と非難された。こういう非人間的なストも絶対にやってはいけない。

生活習慣のふしぎ

国際社会で奇異と思われていた日本人の習慣

ＳＡＲＳ《サーズ》（重症急性呼吸器症候群）という病気の出現は当時経済的にも大きな被害をもたらしたのだから、よかったことは一つもない、と言うべきだとは思うが、世界中が一致してこの病気の撲滅に努力するという姿勢は、自爆テロの流行より救いがあるような気がしないでもない。

すべて人の世のできごとの結果は、功罪半ばするものである。いや、病気に関しては功罪半ばとはとても言えない。罪が九八パーセントである。しかし、一パーセントか二パーセントくらいはいいことがないわけではない。病院の待合室で、恋人を見つけた人だってなくはないだろう。

ＳＡＲＳの流行の陰で、私は明らかによくなった社会現象を見ることができる。

それは日本人のマスクと、お辞儀と、室内で靴を脱ぐ習慣が世界的に認められるようになったことである。

この三つは、今まで国際社会で奇異な行動と思われていた節があると思う。

世界的に認められたマスクの衛生的効果

私は消化器は丈夫なのだが、呼吸器のできはよくなくて、いつもどこか軽い問題を抱えている。今はアレルギーでよく咳をするので、いつも咳止めを持ち歩いている。

喉が悪くなるのはほとんど冬で、空気が乾くと喉が痛みだす、という感じだ。飛行機で日本を飛び立ってヨーロッパまで大体十二、三時間。その間に乾燥した機内の空気で必ず喉が悪くなっている。それを防ぐのはマスクなのだが、ついこの間まで、マスクは日本人だけがかける異様な習慣だということになっていた。つまり、銀行強盗の覆面と同じような感じがあったのではないかと思う。

私は飛行機の中では、座席に座っている間だけマスクをし、トイレに立つ時はマスクを取るようにしていた。それがＳＡＲＳ騒ぎ以来、やっと一つの衛生上の措置としてマスクが認められるようになった。一応、慶賀の至りである。

相手の手に触れない挨拶の仕方

先進国の人間交流の際には当然と思われている握手は、実に野蛮なものだ、と私は以前から思っていた。

初めて会った人の手を握るなんてみだらである、と感じるのは、決して私だけではない。インドやタイでは合掌する。すばらしい挨拶の方法だ。イランでは決して女性も握手などしない。中部アフリカの国でもそうであった。足を引いて、両手を両脇の前で合わせて身をかがめる。なかなか優雅な仕種《しぐさ》である。

数年前、緒方貞子さんが国連難民高等弁務官でいらした時、随行記者の申請をして、ジンバブエなどの難民キャンプでのご活躍ぶりを取材したことがある。

そのとき緒方さんは、数百人の難民と握手された上、出された生水まで飲まなければならなかったのである。水を出されるのは、アフリカの多くの国で一種の友好の儀式だから、これを飲まないということは実にむずかしい。

私は気になって持っていた梅肉エキスの丸薬を出したのだが、緒方さんは「あなたが口に入れて」とおっしゃった。

無理もないのだ。数百人の難民たちと手を握るのは緒方さんの任務でいらっしゃるが、その手はトイレをしようが洗うことのない手ばかりだ。

今回SARSの蔓延《まんえん》で、一部では握手という習慣を避けようという動きがあったという。それが人間関係の節度においても、病気の感染防止の上でも、当然だと思うのだが、日本人はもうとっくの昔にそれをやって来ていたのである。

別にお辞儀ではなくて、インド式の合掌でもいいから、見ず知らずの人と手を触れ合わない習慣は、これを機に世界的に広まらないかなと、私は密かに思うのである。

家の中では靴を脱ぐ暮らし方

日本でも、西欧風の暮らしをしてきた上流階級は、戦前から靴をはいて家に入る習慣があった。上流階級のイメージとしてはすてきなのだが、私の母も私も清潔に関してはかなり敏感な方だったので、土足で家に上がるなんてどうしても神経がついていけない。

端的に言うと、日本人は「土埃《つちぼこり》」というような表現で、土を汚いと思うのである。もちろんこれは、農業を基本とし、万物を育てるという意味での土の偉大さを貶《おとし》めるものではない。しかし土は、疫学的には危険なものである。

日本人は家の中では土足を禁じ、座敷は常に掃き、板敷きの廊下は濡《ぬ》れ雑巾《ぞうきん》で拭いていた。私の育った戦前の古いすき間だらけの木造家屋などは窓からも縁側からも埃は入り放題だったが、それでも母は、お手伝いさんや娘の私に一日に二度は雑巾をかけさせて埃を残さないようにしていた。

お客さまのいらっしゃる前に庭に打ち水をすることも、神社仏閣に入る前には手水場《ちょうずば》で口や手を清めることも、日本人の日常感覚とよく合致したものだ。

日本でＩＴ産業が伸びたのも、こうした土を汚いと思う感覚と無縁ではない。コンピュータ産業では、生産工場でも靴をはき替え、上っ張りを着るところも昔はあった。今は室内の空気の圧を強めておけば、外部の土埃が入らないシステムなのだろうか。

日本人は外国に住んでも、大使公邸などでない限り、自宅ではやはり靴を脱ぐ習慣を維持している人が多い。そして外国でも一度日本に住んだり、日本の文化に触れたりすると、靴を脱ぐ習慣を導入する人が増えた。人間は動物ではないのだから、住居においても外と内のけじめがあるのが当然だと、私をはじめとする日本人は考えるのである。

ＳＡＲＳの蔓延と共に、これらの日本人の感覚が世界に認められるとしたら、便利になってきたものだと思う。

仕事と妻とどっちが大事？

いちばん恐ろしいこと

夏休みには少し早いのだが、シンガポールで二週間ほど、仕事の世界に出ない生活をした。窓から見えるタンブスという大木の梢が緑のレースのカーテンのように南方の風に揺れているのを見るだけで休まるのだから簡単なものである。テレビも居間にあるだけで、寝室にはないので、寝る前の睡眠剤の機能を果たすものは読書だけになる。

書棚から出して来たのは、少し前の推理小説の名作、ジョン・グリシャムの『法律事務所』で、白石朗さんの訳もすばらしいものだから、眠るつもりが眼が冴えてしまい、二晩で上巻を読み上げてしまった。

まだ下巻の筋はわからないままこの原稿を書いている。若い弁護士のマクディーアは、やたらに待遇のいい、不気味な弁護士事務所に雇われ、ケイマン島の海辺で計画的に近寄って来た一人の女と情事をする羽目になる。この中の伏線の一つとなっているのは、その姿が密かに写真に撮られていて、悪人共が彼の行動を縛って行くようになっている。

もちろん誰だって妻に秘密の情事をばらされることは恐ろしいだろう。しかし、この主人公は、妻もろとも、ある絶体絶命のむずかしい状況に立たされているのだから（詳細をここで明かすことは礼儀上やめることにするが）そうなったら、妻にすべてを打ち明けて、脅しの種を無力にすればいいのに、と私などは思うのである。

それが小説上のシチュエーションなんじゃないか、と素朴すぎる読者の態度になっている自分を笑ったのだが、その時、一つの文化の違いを思い出した。

夫の在宅時間と離婚の関係

私の外国知識はせいぜい小説やエッセイ、あるいは映画なのだが、日本とアメリカが違うなあ、と思うのは、警官、弁護士、新聞記者などが主人公の話が出て来ると、必ず妻が夫が家に帰らないことを責める、という設定で描かれていることである。

警察や消防や病院や新聞社に勤めたら、夫が時間通りに帰れないことぐらい初めからわかっているではないか。それがいやなら、画家か小説家かフリーターと結婚するより仕方がないのである。それなのに、物語の描き方は必ず妻がヒステリーを起こし、それに対して夫が戦々恐々とするシチュエーションばかりだ。

昔、私は東大がロケットと衛星を打ち上げる鹿児島県内之浦に見学に行っていた時代があった。一日の緊張した作業が終わると、教授たちは焼酎を飲みながらおもしろい話をなさる。世界的な学者でも、東大の予算は充分ではないから、若い世代を交えての飲み会は焼酎になる。それに焼酎は二日酔いにならなくて、健康にいいとその頃から言われていた。

ほとんどの教授たちは、アメリカで仕事をしたことがあり、そこで日米の夫婦論もよく出た。日本の学者たちの中には、打ち上げ前の内之浦に、これでもう一か月も釘付けになっているという人もいる。

若い研究者の中には婚約中で毎日でも会いたい彼女を東京に残している人もいた。しかし日本人は、仕事のために逢瀬《おうせ》がさまたげられても、特に不平は言わない。女性の側から見ても、自分の愛する人は、非常に大切な仕事をしているのだから、一か月や二か月会えなくても仕方がない。それほど自分の好きな人は、大学でも宇宙開発の世界でも大切な人なのだ、とむしろ誇りに思う。

しかしアメリカではことはそれほど簡単ではない。アメリカの研究者の妻たちは、夫が自分より衛星が大事だなどということを許せない。自分はほうって置かれていると思い、いろいろ後遺症が出る。

だから教授たちの笑い話では、「日本では衛星が一基上がる間に一人は婚約する。アメリカでは衛星が一基上がる度に十組の夫婦が離婚する」ということになる。

今にして思うと、この笑い話は決して日米の文化の比較論ではなく日米の宇宙開発の予算の規模を暗に示したものだったかな、とも思うのだが、それだったら、十組が百組くらい離婚してもいいことになる。

妻との約束をどこまで守れるか

しかしとにかく日本人というのは、言われなくても相手の立場を考える。それは「推察」する能力があることを示しているわけだから、なかなか優秀な頭脳の働きだ。

しかし世界中の女性がそうではない、どころか、むしろアメリカ型の女性の方が絶対に多いそうだ。

ある日本人が、アラブ人の女性に惚《ほ》れて結婚した。クレオパトラみたいな美女だったのだから仕方がない。結婚する時、彼は大変だった。アラブの女性は、生まれた時から従兄弟か親戚の男の子と婚約しているケースが多いから、その男の存在を排除して獲得しなければならないのである。

そんな事情もあって彼は婚約する時、できるだけいい話をした。例えば、三年以内にベンツの車も買う。居間に置く電気スタンドも四個買う、というような約束である。彼にすれば決して空手形のつもりではなかった。できたら何をさておいても、彼女の欲しがるものを買って家を飾ればいいと考えていた。

しかし世の常としてなかなか予定通りにはならない。すると奥さんは彼を責める。「あなたは電気スタンドを四個買うと言ったじゃないの。ベンツも約束したじゃないの」というわけだ。

日本人の夫にすれば、「見てればわかることでしょ。僕に今それだけの収入がないことは、君も見ている通りじゃないか」と、言うことになる。それでもアラブ人の妻は諦《あきら》めないのである。

「とにかくあなたはベンツを買うと約束したのよ」ということになる。日本人の妻だったら、とっくの昔に諦めて、友達に「ほんとうに彼ったら調子いいことを言ったのよ。三年以内にベンツだって。それがどう？　こないだ自転車は買ってくれたけど」と笑い話に終わらせるのである。

日本人の幸福は、多少とも自動的に相手を立てるための自己犠牲を容認することで成り立っている。しかし世界中の多くの女性たちにとっては、幸福は自己主張が通ることらしい。この違いは実に大きいと私は思っている。

第2章……

人も国も、違うからおもしろい

カトリック幼稚園で学んだこと

五歳の異文化体験

東京の京橋・八丁堀に生まれた父は、戦前に慶應義塾大学を出たが、根は東京の土着人という感で、全くハイカラな生活をしていたわけではなかった。外国人の知人がいるわけでもなく、外国から我が家に郵便が来ることもなかった。

しかし、私は五歳の時、芝の白金三光町にある聖心女子学院という、カトリックの修道院の経営する学校の幼稚園に入れられた。私のうちは一応仏教徒であった。神棚も祭ってある。そのような家庭で、どうして母が私をカトリックの学校に入れたがったたか、一部はわかっているが、母も亡くなった今となっては、確かめる方法もない。

父母は、仲の悪い夫婦で、その間の一人娘だった私は火宅のような家に育ってかなり苦労したのだが、そうした生活が、母に信仰の必要性を感じさせたのかもしれない。

幼稚園の先生はシスター・スタックというイギリス人だった。聖心では外国人修道女に日本語を覚えさせないようにしていた、という説がある。第一の目的は生徒に英語を覚えさせることであったが、彼女たちは修道院の塀の外へ一歩も出ることはなかったのだから、現実の問題としては日本語の知識は必要なかったのだ。

後でわかったことだが、彼女たちはフランス、イギリス、スペイン、オーストラリア、アメリカなどから日本への赴任を命じられると、生きて再び母国の土を踏むことはないことを承諾して日本へやって来ていたのである。

当時は船で横浜に着く。そのまま迎えの自動車に乗って、東京の聖心の修道院にやって来た。日本を見るのもその時だけであった。白金三光町の修道院も外国の修道院と同じで、二万坪の広さがあり、畑もあって牛を飼っていた。当時は、化学肥料などない。金肥と呼ばれたトイレの中身を肥料に使うようなことを外国人はしなかったから、肥料を取るためにもまず牛を飼うことは必要だった。

修道女たちは二万坪の中である人は生徒を教え、ある人は畑を耕した。ある修道女は料理係で、彼女たちの誰もが休日は年に一度だけだった。そして彼女たちがこの修道院から再び外へ出ることがあるとすれば、それは遺体となって富士の裾野の修道院の墓地に埋められるためであった。

子供の私たちがどうしてシスター・スタックと意思の疎通ができたのか考えてみれば不思議である。私は英語など「サンキュー」も聞いたことがなかった気がする。私たちはシスターが唱える英語の長いお祈りにつき合った。意味は全く解さなかったが、英語の発音には慣れた。

まずその国の人として立派になる

お遊びの時間には私たちは「ロンドン橋は落ちた」をやった。「ランダン・ブリッジス・フォリンラン」というふうに発音していたが、それは「フォーリング・ダウン」が正確なのだともわからなかったし、もちろんロンドン橋の意味も知らなかった。しかし、とにかく私たちは「トゥインクル・トゥインクル・リトル・スター」も歌ったし、「ハンプティ・ダンプティ」と言えば、その主人公は卵だということも知っていた。

京橋・八丁堀生まれの父と、福井県三国港生まれの母との間に葛飾区《かつしか》で生まれた娘には考えられないことである。

こういう話を書くと、私は幼い時から極めて国際的な教育を受けたように聞こえるであろう。確かに一面においてはそうであったが、それは決して表面的なものではなかった。

私は、その人が真の国際人になるには、「まずその国の人として立派になれ」と習ったのである。

確かに私は同世代の中では、少しだけ英語をよく読むし、喋《しゃべ》りもする。しかし、学校にいる間中、私は英語の成績も悪かったし、帰国した娘たちで溢《あふ》れていた聖心では、どんなに背伸びしても母国語を英語とする人たちにかなうわけはなかった。

しかし、後年、私はほんの数分の間の会話に外国人と心のつながりを持ったという記憶が何度もある。つまりほんのちょっと人生を熱く語り合ったのである。それは明らかに私の英語力のためではない。私が骨の髄まで自然に日本人として、また個人としてありつづけたから、相手はそのことに興味を持ったのである。

英語が下手でも東大の総長になれる、という無責任な噂を元にした有名な笑い話はやはり多くの人に気楽さを与えた。日本人は客を招いておいて「まことにお粗末ですが」とか、「何もございませんが」などと言う。その東大総長も（どの総長か誰もわからないのだが）外国人の客を招いてカクテルを出してから言った。

「ゼア・イズ・ナッシング・トゥ・イート。バット・イート・ザ・ネクスト・ルーム」

「何もございませんが、次の間で召し上がって下さい」と言うつもりで、彼は「食べるものは何もありません。次の間を食べて下さい」と言ったのだろう。客は、次の間を食べろとは何だ。何もないのに食べろとはどういうことだ、と煩悶《はんもん》したのである。

しかしこの東大総長を悪い人だと思った人はいないだろうから、国際親善をさらにおし進めることは不可能だったにせよ、傷つけることにはならなかったのであろう。

早期英語教育を受けたことの意味

私が非常に早期から英語教育を受けたことの意味は次の二点にある。

第一は、できないまでも私は英語に脅《おび》えなくなった。外国人なのだからできなくて当然、それよりは日本人として根っこのある人間になろう、と思ったことである。通称「横メシ」という外務省用語で表される外国語を操りながら食事をする時、私は英語を喋るのがメンドウくさくなると、相手に徹底して質問することにした。もし、私の隣が経済人なら「私は経済についてわからないのですが――」とまず前置きして、「日本の投資家とあなたの国の投資家たちの気質には何か基本的な違いがありますか」などと質問の網を投げておくのである。

これで向こうは自国語で自分の専門分野を喋るのだから元気になり、長く喋ってくれる。後は適当に相槌《あいづち》を打つだけで、私は安心してご飯も食べられ、相手をいい気分にさせることができるのだ。そして多分半分ぐらいは証券業界の内情も理解する。

第二は、ロンドン橋やマザー・グースの話だけでなく、私は子供心に明らかに地球上には日本人でない人がいて、日本語でない言葉を喋り、日本にはない判断を基準に生きているのだ、ということを肌から教えられたことである。

外国人と日本人は違うのだ、と言えば誰もが「そんなことはわかっています」と言う。しかしそれにもかかわらず、日本人の中には、ユダヤ人とパレスチナ人の間の闘争を見ても「話し合えばわかるのだ」と新聞に投書したり、「皆で歌を歌えば心も和んで憎しみが薄らぐ」と期待したり、「私は『こんにちは』を十二か国語で言えます」などと自慢したりする。

違いはもっと根深くて恐ろしいことを、私は幼稚園の時から学ぶことができたのである。

「ご復活料理」

母のある企み《たくら》

母が私をカトリックの修道院付属の学校に入れたことは、かなり「企み」があってしたことのように私は思う。母は自分を田舎者だと思っていたが、不必要にひがむ人ではなかった。ただ娘には自分が得られなかったような自由な境地を得させたい、と思っているようだった。

自由な境地、というのは、人種にも、宗教にも、階級にも影響されない強い魂のことを言うのだ、と私は察していた。

明快にしなければならないのは、人種に対する差別とか、階級に対する差別とかいうものが、完全に現世から払拭《ふっしょく》されるとは、私も思ったことがないし、母からもそのような幼稚な論理を聞いた覚えはない。それはまるで、悪というものが、教育や意識の調整の結果、なくなる日がある、と本気で信じ込むようなものだ。

平等というものは、明らかに魂の高貴さの結果として目指すものではあるが、決して完全に実現するものではない。

そしていささかでも人間が平等でない以上、そこに必ず差別や上下関係の意識が生まれる。それを悪というなら、私たちはまず正面切って悪と向かい合わねばならない。

後年、それもつい近年わかったことなのだが、日本人が外国人との対比において「差別はいけない。差別をすべきでない」と言う時は、自分を必ず差別をする側に置いているのである。日本人は有色人種だから差別される方だ、と認識する人は、皆無ではないだろうが、極めて少数であろう、と思われる。

田舎育ちの母が、素朴に私に望んだのは、しっかりした宗教的基盤を持ちながら他宗教には寛大であり、自分は庶民中の庶民として育ってもどのような人の前に出ても礼儀正しく脅えず、静かに自分を失わない人間を創ることであったように思う。

学校の昼食でしつけられた食べ方のマナー

母はそれをまず極めて動物的な訓練から私に強いた。当時は学校に給食などない。しかし私の学校では寄宿生と国際学部の生徒のために、学校でお昼の食事を食べさせていた。母は自分がお弁当作りをサボれるという利点もあると狭く考えたのか、私にお昼を学校で食べるようにしてくれた。

このお昼の食事から私が受けたものは大きかった。第一が食べ方のマナーである。テーブルでは私たちのような小学生が端の方に座り、上級生のお姉さんたちが、中央に陣取って、お肉や野菜を取り分けてくれる。

食事の前に、長い長い食前のお祈りがあった。すべて英語だから、何を言っているのかわからない。犬のお預けの心境である。

終わって食事が始まると、まず必ずスープが出る。音を立てて飲んではいけない、とか、スープのお皿を持ち上げてはいけない、という基本的なことを厳しく上級生に注意される。手首より少しでも多くテーブルの上に載せると、それは肘《ひじ》をつくという最も行儀の悪いこととされ、「チズコ！」と注意が飛んだ。

「チズコ」は私の本名である。私たちはそこで名前を呼びつけにするという習慣に慣れた。これは日本人社会ではなかなかむずかしいことだが、私たちの間では、今でも気軽に名前だけを呼ぶことがある。

UNHCR（国連難民高等弁務官事務所）で、世界的な仕事をなさった緒方貞子さんは私の上級生だったが、私たちは学校時代のまま、「サダ」と呼んでいた。面と向かうと「貞子さん」と言ったが、陰で話すときは「サダがジュネーブから帰って来ていらっしゃるらしいのよ」という言い方をする。

これは外国的習慣と日本語の敬語がいみじくも混じり合った用法で、私は嫌いではなかった。

テーブルマナーに関しては、後年私はあまりにも日本人がこういう礼儀をしつけられていないのに、驚き続けて来た。ホテルマンとして長年働いている人でもスープを音を立ててすすったり、サラダのお皿を持ち上げたり、ナイフを口に入れたりする。外務省の人でも必ずしも正しい食べ方をしているとは限らない。

これは英語を学ばせる時に同時に教えるべきことだが、今の英語教師たちは、こうした最低限のルールも知らない人が多いのだろう。と同時に私は、日本人が茶席でお薄《うす》を頂く時や、お蕎麦《そば》を食べる時に音を立てることなどに、適切な注釈をつけて堂々と日本の伝統を守りたいとも思っている。礼儀というのは、半ば合理性、半ば非合理性の合わさったものなのだ。

当時の私は、えいっとばかり人の前まで手を伸ばして塩の瓶などを取っていたが、その度にコワイ上級生から「ウッジュー・プリーズ・パース・ミー・ザ・ソルト（お塩を回してくださいますか）」と言え、と叱られた。こういう場合は人を煩わせることが礼儀なのである。

残り物を利用した所帯持ちのいい料理

しかし、こんな表面的なことではなく、私がいくつか心に染みて受け取ったものがある。学校のお昼のメニューは、ヨーロッパの堅実な中流家庭のメニューだったのではないか、と思う。スープとメイン・ディッシュが出たが、メイン・ディッシュはお肉と野菜二品であった。赤いビートのサラダとマッシュ・ポテトとか、キャベツの煮たものと人参、などであった。

金曜日には小斎日《しょうさいび》と言い、肉は出さず、必ず魚、それも多くの場合はまずいタラの料理が出された。金曜日はイエスが十字架刑に遭った命日だから、その苦難を偲《しの》ぶために肉を食べない。後年、カタツムリは肉か魚かと論争するフランス人の話を心から笑えるようになったのも、毎金曜日にあのまずいタラ料理を食べさせられたからだろう。

今、私たちの学校の昼食は、ヨーロッパの中流家庭の料理だったと書いたが、私は一度も留学や海外生活をしたことがないので、ヨーロッパの中流なるものも実はわかっていないのである。イギリスやドイツなどには、もっと質実な生活もあるような気がするし、それならば、どこの国の中流なのか、と言われると困ってしまう。

ただ私たちは時々、ご飯を入れたプディングとか、ハムの細切りと屑《くず》野菜の入ったスープとかを食べさせられていた。そして英語でものを考え、英語で話をしている厳しい上級生たちは、そうした奇妙な料理のことを密かに「リザレクション」と呼んでいた。当時の私はまだ聖書さえまともに読んだことがなかった。英語は小学校から授業にあったが、リザレクションというのは何の意味だか、調べようとも思わなかった。

ずっと後年になって、それはやはりイエスの生涯から取った言葉で、「復活」ということなのだと知った。

質素でしかし充分な栄養を摂ろうとしている修道院では、お料理係のシスターたちは、残り物のご飯も捨てずにプディングに入れる。週に一度は、冷蔵庫の野菜籠の整理をして、中に残っている野菜をすべて刻んで、これも残り物の肉と一緒にスープを作る。それが「ご復活料理」の根本思想だ。これが国際的に所帯持ちのいい母の姿なのだ、と納得し、私自身もそれを、今でも見習っているのである。

肉を食べる生活、魚を食べる生活

修道院の裏庭で見つけた牛の骨

戦前まだ学校給食などない時代にお昼の食事をマナーの厳しい外国人生徒たちといっしょに学校で食べていた頃、私は後年まで、私の世界観に影響するちょっとした体験をした。

ある日、昼食の前に私は食堂の傍の裏庭で友人数人とドッジボールをして遊んでいた。友人の投げ方が強かったのか、私のレシーブが下手だったのか、ボールは私の手を離れてそばの竹藪《たけやぶ》の中に転がって行った。当然、私はそのボールを取りに行き、すぐに頬をこわばらせて戻って来ると、友人に言った。

「人骨がある……」

まさか、という感じで友人たちもどやどやと繁みの奥に入っていった。そして確かに彼女たちも白く乾いた太い骨がちょっとした塚のように集められているのを見たはずである。

それが犯罪の現場だと長い時間私が思わなかったのは、そこに誰か冷静で物知りの友人がいて、「これ、スープを取った後の骨じゃない?」と言ったので、私たちはすぐに、その骨から料理されたスープをいつも飲んでいるのは、ほかならぬ自分たちであったと覚《さと》ったからである。

しかしこれは、仏教的土壌に慣れた日本に育って、洋食のスープを取る方法など全く知らなかった私にとっては、修道院というものの一面を知るきっかけでもあり、外国人というものの日常的な顔を知る上で大きな体験だったのである。

それまで私は、カトリックの修道院というものを尼寺だと考えていた。

もっとも私はまだ子供で、仏教の尼寺だって知りはしなかったのだが。仏教の尼さんは頭を剃《そ》り、当の修道女たちはボンネットをかぶって決して髪を見せなかった。髪はいやらしく女らしいものであった。こういう感覚は全世界的とは言わないが、ユダヤ教の中にもイスラム教の中にもある。

ユダヤ教のラビの夫人たちは、みだらさを避けて頭を剃り、その代わりにかつらをかぶっている人がいる。イスラム教の女性たちは、総じて髪を見せるのは、はしたないと感じて頑強にスカーフをかぶることにこだわる。

信仰は慈悲につながり、慈悲は殺生を嫌う。仏教徒のすべてが精進料理を食べているわけでもないのに、私はカトリックの中に牛骨でスープを取る人がいるとは考えもしなかったのだ。人間の発想の限界というものは全くおかしなものである。

所変われば食事観も変わる

骨でスープのダシを取るという発想は日本にもある。長い海岸線を持つ日本では津々浦々で魚が獲れ、その魚のアラで取ったダシのおつゆはこの上なく美味なものだ、と知っているのである。だから、魚を牛に換えて西洋人も同じことをするのだと、もう少し大人になっていれば、私も容易に考えられたのだろう。

ずっと後になって、私はミルクも飲まず卵も食べないヒンズー教徒や、自分の腕に止まって血を吸っている蚊さえもつぶそうとしないタイの仏教徒の存在を知った。

多くの日本人の感覚もご都合主義的なものである。少数派を除いて、多くの日本人は、イネの粒であるご飯や、魚を食べることをあまりかわいそうだとは思わない。

しかし牛、豚、羊、鶏などの生命を奪うのは残酷だと考える。鯨はどうか、となると、私の家では昔も今も鯨を食べる習慣もなく味もわからない。

お魚のアラ汁をいつも食べていた私は、その中に魚の目玉が入っていても平気なのに、牛骨にはたじろいだのである。

つまり私たち日本人の大多数は、地理的にも歴史的にも社会的にも、漁業文化の中か、農業文化の中に育ったのである。主食とおかずがあり、その上そのおかずが毎日違ったものが欲しいと思うのも、この二つの文化の組み合わせの結果である。

昨日は鯛が獲れたのに、今日はイカしか手に入らなかったら、イカを食べるほかないのだ。

その点、牧畜民は、三百六十五日、同じもの——多くはパンとたまの肉料理しか食べない。

当時、私はまだ子供だったから、牧畜民の宗教というものが全くわからなかった。聖書の中にも、一匹の迷子になった羊を捜しに行く話がある。私は、その話を聞いた時、ペットがいなくなったから捜しに行ったのだろう、と思ったのである。

しかしそれは、「大切なものを捜しに行く」と考えるべきのような気がする。遊牧民の子供が、本当に遊び相手にしている羊もいるだろう。しかし、遊牧民にとって羊は唯一最大の財産である。

一匹いなくなったからと言って、ほうっておけるものではないのだ。しかし日本人の生活には、大切にし、かわいがっていたものを、ある日殺して食する、という体験がない。日本人に受けるのは『鉢の木』の話で、せいぜい丹精こめた盆栽を、客人へのもてなしのために切る、という程度である。わが子イサクを犠牲にして神への燔祭《はんさい》（古代ユダヤ教で、供えられた動物を祭壇で焼いて神に捧げること）に捧げるアブラハムの忠誠やそのような試練を、中途まではあるが要求する神を、日本人は決して理解しないのである。

エジプト式親子丼の作り方

後年、私は、中近東やアフリカの多くの土地を旅した。エジプトではある時、若い日本の考古学者たちが合宿をしている場所に行き合わせたこともあった。男性ばかりだったので、私は気軽に「何かお夕食に、日本料理みたいなものを作りましょう。親子丼はどうですか」と、言った。

鶏肉はいささかのお金さえ出せば、世界中で手に入る。鶏がいれば卵もまあ手に入る。そして玉ねぎも保存のきく野菜として、キャベツを欲しがるよりずっと買いやすいものだった。

料理のできないコックの少年は、まず長い時間をかけて米の中の石を択《よ》っていた。米と同じ色、米と同じようなサイズの石の混じった米を売っている国はけっこうある。米から石を択ることとは、毎日、かなり手間のかかる仕事であった。

米に混じった石が択り終えられる頃、家の外で急に慌ただしい鶏の声がした。「そうだ、そうだったんだ」と私はやっと思いついた。それは親子丼になるために殺される鶏の悲鳴であった。もっともその鳴き声はすぐにやんだ。そして薄暮《はくぼ》の中でもう一人の料理人の男が、湯につけた鶏の羽を手際よくむしっていた。

親子丼を作る時、私の考える鶏肉は既に死んだ鶏であった。だから私は気軽に親子丼を作ることを考えた。しかし、この過程を経ることが、本当の親子丼の作り方だったのだ。

小学生の時、修道院の裏庭にスープを取った後の牛骨の山を見つけたことは、何という貴重な体験だったのだろう。私はそこから歩き始めて広大な遊牧民の世界、一神教の世界を学んだ。愛と死を同時に見据える眼は、魚だけ食べている生活では、決して養われなかっただろう。

激しさと優しさは、善悪で分けるものではない。それはただ、存在の姿の違いであることを、私は学んだのである。

日本人の外国語聞き取り能力について

お嬢ちゃまとお坊ちゃまばかりの国

世界中、どんな土地でも、夫婦は喧嘩をする。親同士でも時には言い争いをする。ましてや言葉の通じない外国人との間だったら、商売をしようが、外交をしようが、ぎくしゃくしない方がおかしい、と私は思っているのだが、世間には「仲よし信者」のような人がいて、もう中年で充分に分別のある人でも「皆が平和を願えば平和になる」などと信じたり、イスラエルとパレスチナとの間の紛争についても「よく話し合えばいいのに」などと、のんきなことを言っている。

私など厳しい生活を内外に見て育ったから、仲の悪い親夫婦の間の平和をどんなに望んでもだめだったことを知っているし、貧しい国々の田舎をよく見たから、貧困が殺し合いの原因になることも、実感できたのである。

浮世ばなれした平和主義者は、日本に多く生息する珍獣のようなものだろう。水も食料も不足している土地に住んだことのある人なら、願うだけで平和が来たり、話し合いだけでことが解決することはない、ということが自然にわかるのだ。字が書けない人にもわかるのだが、日本では大学卒でも、それがわからない。私がいつも、日本は「お嬢ちゃまとお坊っちゃま」ばかりの国だと言う理由だ。

外国語に関しては耳が悪い？

しかし私も、外国との理解には努力を続けるべきだと思っている。ことに日本人は民族的に外国語に関しては特別に耳が悪いのではないか、と思われることについては、外国にも宣伝しておいたほうがいいのではないか、と思う時がある。

戦後、私のように文筆業を続けてきた者は、日本のマスコミが表現の自由を守ったどころか、終始圧力をかけて言論の弾圧をし続けた事実を知っているのだが、その弾圧の一つに差別語に関する厳しい締め上げがある。

私たちの場合、原稿には必ず署名がある。つまりその文章に関しては筆者に責任があります、ということだ。それにもかかわらず、使ってはいけないという会社の規則を私たちに押しつける。私自身はひどい近視なのだが、一時は自分のことをド近眼と言ってもいけないと番組の直前になってしつこく強制した民放局もあった。

三十数年ほど前、日本で作家たちの国際会議があった時、台湾からも中国本土からも作家が来ることがあった。

すると「二つの中国は認めない」ということに熱心な朝日新聞の記者が、その時受け入れ側の責任者の一人だった私の夫の三浦朱門に「国名の表記は何とするつもりですか」と詰め寄った。すると三浦朱門はおっとり笑って、どちらも「ＣＨＩＮＡ《チャイナ》ですよ」と答えていたことを私は思い出す。台湾も大陸中国も、国名にはＣＨＩＮＡが使われている。

差別語と選択の自由

しかし差別語をいけないというのはおかしいと私はずっと思い続けてきた。私たち作家は、時には悪い言葉を使って作品を書く必要があるのである。喧嘩の場面を書く時には「バカ」とか「でき損ない」「デブ」「ブス」「スケベ野郎」などという相手を侮辱する言葉がなければ喧嘩にならない。

それを使ってはいけない、ということを承認し、おろかなことに「申し合わせ」や「社内規定」などで使わない言葉を決めた新聞社こそどれだけ自由を阻み、思想の画一と統制に加担したかわからない。

「報道、表現の自由」を新聞が担ったなどと、どうして言えるのだろう。悪い言葉を使わせない、というほど、ひどい言論弾圧はない。差別語を使って差別的な態度を示すという悪事を働くのが表現である。

読む人は当然それを批判するだろう。そういう書き方をする作家の書くものを以後読まないと思うかもしれない。選択の自由は許されているのである。

聞き違いから生まれた外来語

今はもう誰も使わなくなった古い差別語に「チャンコロ」というのがあった。中国人に対する蔑称だというのである。しかし今の若い人たちは、こんな言葉を聞いても誰のことかわからないのである。しかし、この「チャンコロ」というのは「中国人」（チュンコーレン）という発音を聞いた日本人が、まじめに受け取った言葉で、蔑称ではなかったはずである。

ロシア人に対する蔑称だと言われているものに「ロスケ」というのがある。この言葉も今の若い人はほとんど知らないのが普通だ。なぜなら侮蔑的な言葉としてマスコミが使わなくなったからである。

ロシアとの経済的な関係の深い土地にでも行けば、まだ密かにワルクチとして使われているかもしれないが、普通には聞いたこともない言葉である。しかし、この蔑称なるものも、実はやはり日本人の耳の悪さから来たのである。

「あんたはどこの人かね」

と日本人が聞くと、外国人の大男は答えた。

「ルスキ（ロシア人）」

日本人は家へ帰って女房に言う。

「今日会った異人はロスケだそうな」

蔑称にもならない。外国語に馴れない故の聞き違いなのだ。

私の幼い頃、母は粉石鹸の他に、時々薄茶色をした四角い大きな固形石鹸を使っていた。それを布に塗りたくってから、洗濯板でごしごしこするのである。母はその石鹸を「マルセル石鹸」と呼んでいた。

私は意味がわからないから「ミツワ石鹼」というのと同じような名前だと長いこと思い込んでいた。ところが、それも日本人の耳の悪さから来ていたのだ。

推測だけれど、恐らくあるフランス船の乗組員がデッキで洗濯をしていたのである。珍しい固形石鹼を見た日本人は尋ねた。

「それは何というものかね」

それと同時に日本人は、言葉の通じないことにイライラして、相手を指すことくらいしたかもしれない。すると、フランス船の船員は自分がどこから来たのかと聞かれたと思い込んだ。

彼が船出したのはマルセイユの港だったから、「マルセイユ」と答えたのである。すると質問した日本人はすっかり納得してしまった。

「外国の船が使っているあの四角い石鹼は、『マルセル石鹼』と言うのだとさ」

かくして、田舎育ちの明治生まれの私の母まで、四角い洗濯石鹼のことはすべてマルセル石鹼と言うのだ、と私に教え込んだ。私がマルセイユから来た石鹼に違いない、と推測したのは何十年も経ってからである。

日本人は、どうも人一倍耳が悪いらしい。恐らく日本人全般にあるＤＮＡの特徴なのだ。

ヘブライ大学を卒業した日本人によると、「テレビに映るシャロンの言葉が全く逆の意味に翻訳されていることがあって、あれでは勝手な思い込みでイスラエルに対して憎悪感を抱いてしまうこともできるでしょうね」と嘆息していた。

日本人は耳が悪いということこそ、国際平和のために、もう少し外国に宣伝してほしい、と私は思っている。

縮み指向と厳密さ

雛《ひな》道具のコレクション

日本人には縮み指向がある、と言われる。それはほんとうのことである。

日本人の家庭に女の子が生まれると、親類などが、最初の三月三日の雛祭りの日に、雛を贈る習慣があった。私の持っているお雛さまのうち、内裏さまは祖母が買ってくれた、と聞かされたが、ほかの三人官女や右大臣・左大臣や仕丁などは、その後、父が買ってくれたものである。

それがきれいに揃っていればよかったのだが、戦争の最中にお人形が一部なくなった。理由は全くわからない。もちろん誰かが箱を開けて持っていったのだろうが、戦後初めて飾ろうとしたら、女官が二人、仕丁が一人消えていたのである。

戦後は貧しくもなりましたし、メイドさんを二人、庭師は一人減らしました、と言えば太宰治の『斜陽』の世界みたいなので、私はこの欠員人事をそのままおもしろがっているが、数年に一度飾る雛壇を見て、奇妙な顔をする人も多い。

お人形はそういうわけでがらくたなのだが、雛道具だけは、父が戦前、時間をかけて買い集めたので、ちょっとおもしろいものになっていた。日本の雛道具は、いわゆる外国のドールハウスの調度品より、少し手が込んでいる。基本的には、道具が源氏物語風に古典的であり、蒔絵《まきえ》や錦の世界なのである。

昔は、どんな人が、こんな人形の道具作りに凝ったのかわからないけれど、その中には御三棚《さんたな》と呼ばれる大きな書斎用の棚もある。そこに巻物や本などをいっぱい置くようになっている。

囲碁セットは小指ほどの碁石入れの中に、ほんものの石が入っているが、あまりにも小さいので、その近くではクシャミもできないほどである。硯箱《すずりばこ》は切手ほどの大きさで、中には水差しも硯も筆も入っている。

野弁当なるものは、人が担ぐようになっている屋根つきのランチ・キャリアーで、思うに新神戸駅で売っている温めて食べられる牛肉ランチの思想の走りであろう。中によくおこした炭火を入れておけば、銅壺《どうこ》で酒の熱燗《あつかん》も思いのまま。煮物も温めて食べられたのではないか、と思われる。ただし、現実にありえないと思うのは、雛道具としての野弁当は屋根まで蒔絵がほどこしてあることだ。

このようなものを集めた人も変わっていると思うが、作った人も相当不思議な職人である。

西洋のドールハウス

私はつくづくこの奇妙なコレクションを眺めているうちに、それにいささか追加してみようと思うようになった。西洋のドールハウス的な小物の中から、少し精巧な作品だけを集め出したのである。

当方には牛車とお駕籠《かご》があるから、精巧なカッターのミニチュアと自転車を付け加えた。銀製のひげ剃りセットはシャボンを塗るためのブラシにほんものの毛が使われていなければならず、コーヒーミルはちゃんとミルの取っ手がぐるぐる回らなければならない。

決闘用のピストルはシンガポールで売っているのを見かけたのだが、買おうと思って迷っている間に買いそびれてしまった。

私は、父ほど厳密な芸術的な感覚がなかったので、蒔絵の道具の世界はいつしか消え失せ、古い西洋の料理用オーヴンとか、実は鉛筆削りとして作られた古典的なタイプライターなどというものまでおもしろがって買ったので、美術品としてのコレクションの意味は全く失われた。このタイプライターは、なんのことはない、オーストラリアのお土産物屋で売られていたのである。

こうした西洋もののミニチュア・コレクションの原産国のほとんどはイタリアである。アメリカにもイギリスにも、こういう精巧なミニチュアを作る趣味と技術はあまりないように見える。中国には米粒にたくさんの字を書くような趣味はあるのだが、いまは技術がどんどん落ちてしまった。

大きすぎるキャベツには価値がない？

日本人の一つの性癖・指向を示す話はほかにもある。私のうちの秘書がある夏、私たちの海の別荘に行った。私たちは留守で、彼女だけが友達と行ったのである。

私たちは別荘の彼女から電話をもらった。

「こちらで○○さん（近くの農家の方である）からキャベツを二十六個頂きました」

うちの秘書は代議士の秘書と違ってキャベツでも頂けばこうして必ず私に報告する。近隣の農家の方に、今度お会いした時に私からお礼を言うのが当然だ、と思っているからである。しかし、それにしても私はその個数にたまげた。

「そんなにキャベツ頂いて……あなた、ザワークラウト（酢漬けのキャベツ）屋さんでも開くつもりなの？」

「いいえそうではありませんけれど、持って帰れば東京の人は喜びますから」

もちろんだ、私も喜んでいる。うちの安月給をキャベツが少しは埋め合わせしてくれるとしたら、大いに喜ばしいことである。しかし、いくら美女でも何で二十六個ものキャベツを貰《もら》えたのか。

翌週、私はすぐに理由を聞いた。その土地はいわゆる三浦半島で、出荷用の箱には「三浦キャベツ」と書いてあり、そこに六個のキャベツを入れるのである。

しかしもし、キャベツが大き過ぎて、六個入らないようになると、もうそのキャベツは箱に入り切らず市場価値も失うので、それは顔見知りの誰かに食べてもらうより仕方がない、ということになって、秘書はトクをしたのである。

こういう厳密さは、いささか意味がないように私は思う。六個入りの箱に入らないサイズのキャベツでも、大小さまざまな大きさのまま売るシステムがあるべきだし、その場合は大が小より高くて当然だと思う。

「小さくて精巧なもの」を好むDNAを生かす

しかし、私が言いたいのは、この、一見、無駄に見える（この場合は野菜の大きさを一定させるという）厳密さと、ものごとを小さく精巧なものにする、という情熱が長い年月に結びついて、日本のIT産業に大きく寄与したという事実である。「小さくて精巧なもの」を好む国民的DNAの特徴は、決して無駄ではなかったのである。

日本人が軽薄短小が好きなら、ドイツ、ロシア、アメリカなどが作るものは、重厚長大だという気がする。どっしりしていて、いかなる状況にも耐えるおおらかな強さを持っている。

日本人は国土が狭いから、坪庭を作る才能はある。しかしヴェルサイユ宮殿の庭のような広大な面積を与えられたら、どのような庭をデザインしていいかわからない、という。

どちらの才能もそれなりに大切だ。自然なのは、自分のＤＮＡの中にある特徴を生かすことである。

ミニチュア文化は、年と共に急速に消え失せる傾向にある。どこの国でも徒弟的な修業を嫌い、観光客目当てのお土産産業ばかり盛んになって、技術がどんどん悪くなるからである。税金が高くて、金持ちも好事家《こうずか》も育たない、という国の政策もよくないのだろう。

季節の感じ方について

日本ほど季節を重んじる国はない

私は英語の手紙など、数多くもらったことも書いたこともないのだが、いわゆる外国人の手紙に、「今はパンジーの花がきれい」だとか、「川の岸の柳が芽吹いています」などという季節の挨拶が、のっけから書いてある手紙を受け取ったことはないような気がする。

もちろん自然のみごとさについては、どこの国の人も感動する。家族で旅をすれば、彼らも、そこに咲く花について書くのだ。しかし日本ほど、季節を重んじる国民はそれほど多くはないだろう。

ずっと前、サウジアラビアに行った時、そこで会う日本人はみな多かれ少なかれ、砂漠に囲まれた暮らしについて語ってくれたものだ。

サウジでは、あまりの暑さに、人為的なケアをしなければ植物も生えにくい。日本では、芝生を生やすことはさしてむずかしくない。しかし、つねに短く刈って、ハゲにならないように端正に保つのが大変なのだ。たいていの家庭が芝生に生える雑草を誰が取るかということで、夫婦喧嘩をしている。

サウジでは、庭に少しばかり育てた芝生を長々と伸ばしている家庭が多かった。「刈らなきゃだめになりますね」と私が言うと、「せっかく緑が生えたもんで、もったいなくて刈れないんですよ」という返事が返ってくる。伸ばした芝生は一五センチから二〇センチくらいになっている。

四季がなくても平気で暮らせる人たち

そこで会ったアメリカ人は、サウジに住むことは、別に大してむずかしいことではない、と言った。自分はテキサスの出身で、ここの気候は砂漠の多いテキサスともよく似ている、と平然としている。日本人が四季のないことに不満を抱いていることがわからない。

今では新フランス料理にも、日本式の飾り方をしているのが増えてきたが、日本人が料理に季節感を盛り込むのに腐心することは驚くばかりである。

会席料理にその時々で添えられるサクラの小枝、小さなホオズキ、見事に紅葉したモミジの葉、ミニチュアのようなキュウリ、などといったものは、普通は食べるものではなく、ただ料亭の座敷にありながら、あたかも深山や山里にいるような思いにさせてくれるためだけだ。それなのに、このお飾りはずいぶん高くついているのだろうと浅ましい計算をしてしまうこともある。

俳句に季があるように、和菓子には多かれ少なかれ季が歌われている。しかし西洋の菓子は特別なもの——例えばクリスマスの時に供される「クリスマスの薪」のようなもの——を除けば、上に載せる果物に季節があるくらいだ。

アラブの菓子に至っては、年中同じ甘い蜜のしたたるようなものが多いが、砂漠は大して季節的に変化がないので、それでいいのだろう。大して、と言ったのは、それでも雨季と言われる時期にほんの数時間雨が降ると、砂漠もうっすらと緑になり、思いがけない野生の花が咲くこともある、と聞いたからである。私はまだその貴重な時に巡り合わせたことはないのだが。

サクラ模様の着物をいつ着るか

日本の着物は、いつも少しずつ季節の先取りをしたものでなければならない。サクラの満開の頃にサクラの模様の着物を着てはいけないのである。しかし、サクラについては私はその後、一年中着ることにした。サクラは日本の国花だし、亡くなられた宇野千代先生が綸子《りんず》で見事なサクラの模様の着物をたくさん作られて、私もそれを買って着ていた時代があったからだった。

ある年、私はその着物を着て、ヴァチカンで、アメリカ出身の枢機卿にお会いしてテレビのビデオ撮りをした。ちょうど教皇謁見の日だったのだろう、帰りにタクシーが拾えなかったので、仕方なく途中まで馬車を頼んで帰った。そのときだけ夫は、私の着物が金色に映え、ローマの町並みとも溶け合って、「黄金のジパング」を思わせた、と褒めた。

着物の地色が、金色ではないが、黄色だったのである。もっともそれも着物を褒めたのであって、着手《きて》を褒めたのではなかった。今では着物でも、私は季節を無視してでたらめをするようになってしまった。

私は蘭とプロテアの花の模様の着物を一枚ずつ持っている。蘭はほとんどどんな季節でも咲くし、プロテアは南アの国花だが、日本でも四月頃に咲くのが多い。しかし日本人はプロテアの花のことなど、あまり知る人もいないから、着る時期を勝手に変えても文句を言われない。

季節が基本の花札と家族が基本のトランプ

西洋のトランプは家族が基本だ。王さまと女王さま、それにジャックは騎士らしい。

しかし、日本のカードの基本は花札だ。私の両親はおかしな親たちだったので、小学校へ上がる前から、私に「花をする」（花札で遊ぶ）ことを教え込んだ。常識的な家では、花札は博打に使われるものとして、子供に遊び方を教えることなど憚《はばか》ったものである。

しかし私の家には、父の仕事の都合で満州から帰ってきた人たちも始終出入りしていて、その人たちが、子供の私になぜか麻雀ではなく花札を教えてくれた。

花札には人間はほとんど出て来ない。しかし十二か月の天気や植物、ときには動物がしっかりと描かれている。雨（柳）には燕が配されていて、私は感心した。雨の中を燕が飛ぶ姿が、印象的だったからである。

私の息子はいまや中年だが、妻をつれて始終競馬場へ行く。そして、競艇の売上金の三・三パーセントを社会のために使う財団で働くことになった私に、いろいろと忠告めいたことを言う。その一つは、競馬には季があるが、競艇にはないのがいけない、ということだった。皐月賞とか菊花賞とか言うのは、心理の深奥で日本人の好みと合っているのだという。

日本の天気予報だけは世界に類がないくらい煩わしい。午後から雨になるから傘を忘れるなとか、夜には気温が下がるから何か羽織るものを持って出掛けたほうがいい、とか、これほどお節介な番組もないだろう。しかしこれも、季節に生活を支配されている日本人のＤＮＡのせいだと、私は外国人には説明したいのである。

贅沢《ぜいたく》と質素

西欧的豪華さはロココとバロック

人間にとって何が贅沢というものなのか、という問題は、哲学、美術、文化、それぞれの面で論じるべきものだろうが、西欧人の好きな日本人の「わび、さび」まで触れることは大がかりになるので、学者ではない私が、素人風の感じ方を代弁してみたいと思うのである。何でも学者でなければ、「そのこと」について語る資格がない、というわけでもないだろうから。

ほとんど外国に行ったことのない日本人から見て、西欧的な豪華さというものは、つまりはロココ、バロックなのである。その証拠に、世界的に最も有名な日本の作家の家も驚いたことにロココ風だったし、私生活の豪華さを売り物にする芸能人の多くも、ロココ風に部屋を飾りたてるのである。

しかし大多数の日本人の考える贅沢はそうではない。宮中の賢所《かしこどころ》で行われた皇室の儀式に参列した時の私の記憶は、非常に驚きに満ちたものである。この宮中三殿とも呼ばれる三つのお社《やしろ》は、たとえばヴァチカンのサン・ピエトロ寺院の豪壮さとは、似ても似つかないものであった。

それは木造で、豪華な色彩の塗料もなく、ただ古びた木の色としか思えない色調を見せていた。大きさとしてはアメリカの開拓農民の丸太小屋ていどのものが、三棟、高床式の回廊で結ばれているだけである。

そのお社は天照大神《あまてらすおおみかみ》の御《み》霊代《たましろ》としての神鏡を模した鏡を祭ってある所となっている。この神鏡は天皇家の家系の起源を示す宝物なのだが、その収納場所は、小さな手押しポンプを入れる火の番小屋の印象なのだ。

そして宮内庁には、堂々たる伝統を持つ雅楽部があるにもかかわらず、式の間中、鳴り物は一切ない。十二単《ひとえ》の衣擦《きぬず》れの音も聞こえそうな静かさの中で、玉音さえも聞こえずに儀式は完全な静寂の中で進行する。

しかし、この静寂は、列席の人々を荘重で神的な空気で包む。たまたま私の隣には、一人の老年の婦人が座っていたが、皇室の方々が退出なさった後のほっとした空気の中で私に言った。静かで、何の物音もせず、感動的でございましたね。

「ほんとうにいいお式でございました」

私も儀礼的に頷《うなず》いていたが、実は皇居の森に巣くうカラスがけっこうやかましかったのである。それだけでなく、私たち一般の招待者を運んできたバスが、賢所のすぐ前で待機していたのだが、そのバスの運転手さんと若いガイドさんがのんびりと喋っている声さえも響いていたのだ。

つまり二人は、賢所などという聖なる場所は、どこかもっと奥の方にあって、自分たちの話などというものはとうてい響くわけがない、と思いこんでいたのだろう。ところが賢所は、ほんのちょっとした植え込みの背後にあったのだ。

日本人にとっての贅沢は非日常な空想スペース

宮廷の世界ではなく、庶民の世界に話を戻せば、私は最近、ある鰻屋《うなぎ》さんで知人と食事をした。鰻、どじょう、などというものはそもそもその辺の小川や田圃にいたものだから、それを単品で食べさせる食堂は本来それほど高価ではない食事の場所だったはずである。

戦前のことは知らないのだが、すっぽんも、ふぐも、今ほど高いものではなかったろう。もともとは庶民的な食べ物でありながら、値段だけは高くなった料理屋は、しかし必ず古めかしい設《しつら》えを残している。

その鰻屋は、門から玄関までの短い距離さえ決して平らではなかった。飛び石が配せられ、その間を平衡をとりながら歩くことは、六十代の半ばに脚の骨を二本も折るという大怪我を経験して、未だにちょっとした後遺症が残っている私にとっては、やや危険な仕事だった。

さらにトイレも情緒深いものだった。非常に狭いトイレの床にも、砂利が敷いてあって、スリッパで簡単に方向転換ができない。今はまだ何とかなるけれど、これでもっと運動機能が不自由になったら、どんなに鰻が食べたくても、とうていこの店には来られない、と私は覚悟したほどだった。

つまり日本人にとっては、どんなスペースにも、非日常的な空想の余地が残されていないといけないのである。たった一歩のトイレの空間でも、そこは町中ではなく、あたかも深山幽谷の一部にいるような錯覚を与えられるかもしれない小さな装置が必要なのである。それが日本人の考える贅沢なのである。

質素は日本人が誇るべきイマジネーションの芸術

私はブラジルで育った日系の婦人と、温泉宿に泊まったことがある。私たちが通されたのは、「離れのお茶室」という部屋で、みかけは古いものであった。

私は茶道の嗜《たしな》みがないのだが、彼女はその部屋の細部すべてに感心した。にじり口と呼ばれる戸外から茶室に入る特有の小さな入り口は幅二尺九寸五分、つまり幅は約一メートル、高さは七〇センチほどだから、当然、立って入れない。どのような身分の高い人でも、謙虚に頭を屈《かが》めて入らねばならない。大小脇差しも取らねばならない。そこでは抗争や暴力が一時お預けになる。というような基本的な知識の受け売りをしていると、外国育ちは非常に感心してくれた。

彼女がさらに感動したのは、茶室の壁の一部が、おそらくこの家のご先祖さまが書いた商いの記録と思われる古い和紙で張られていたことであった。それは商人といえども教養があったことを示していると同時に、反故《ほご》となった記録の紙さえもむだにせず芸術的に使っている姿勢に驚いたのである。

しかも特別な貴族階級・指導階級のみではなく、多くの庶民がみんなそのような美学を持ち得る程度の教養を持っていたことにも、もう一度驚いたのである。

質素を他人に誇るべきお家の芸術にする、という姿勢は世界の中でもあまり見られない。通常、他人に誇ることは、これでもかという感じの居丈高な装飾や富の過剰という形を取って表される。しかし見る人のイマジネーションを充分に利用して、質素を、広大で豪華で複雑な精神的世界に変えようとする技術や能力は、日本人独特のものとしか言いようがない。私はそれを深く誇りにしている。

人前で妻を褒められるか

「愚妻」という言い方

日本人が見かけだけ中国人や韓国人と似ているから、心理的にも似ているだろうという人がいるが、実はこの三者は、性格も生き方も大変違うように思う。もっとも私は、中国にも韓国にも住んだことがないので、ごくわずか付き合ったことのある気持ちのいい友人たちの反応を通して考える他はないのだが。

そして作家としての私は、人間の性格が同じであることを喜ぶより、むしろ違いを楽しみ、違ってこそ東北アジアの繁栄も安全も成り立つのではないか、と考えている。そして前言を取り消すようで申しわけないが、この恐ろしく性格の違った三者が、時々一部でひどく似ていると感じることもまた不思議なのである。

それはアメリカ人やヨーロッパ人などがもっぱら人前で妻を褒めるのに対して、

韓国人や台湾人の中には日本人と同じように「愚妻（愚かな女）」と表現する精神を貫いて妻を褒めることをほとんどしない人もいるということである。

私があえて台湾人というのは、政治的配慮からではなく、台湾が五十年間にわたって日本領だった時、日本が本土と同じ教育をした結果、台湾人の中には日本語が一番達者という人もいるくらいだから、中国本土のチャイニーズと少し性格や文化が違って当然だろうと思うからである。

カーター元大統領の詩に込められた想い

私が働いている日本財団は（当時）、アメリカのカーター・センターと、アフリカの農業問題に関して十七年間共に働いてきた。牧師さんの家にお生まれになったカーター氏は、すばらしい文章家で、私は以前から氏の書かれるものを日本人としては愛読していたほうだと思うが、先日ひさしぶりに来日されたご夫妻と一夕、夕食を共にした。カーター氏には『いつも思い出』という詩集があり、中には「ロザリン」というカーター夫人を描いた詩もある。

「群衆の中にいても、私はいつも彼女の視線の中にいることを願った。しかし彼女は恥ずかしがりやで、いつも一人でいたがった」

詩もモデルを眼前において思い出すといっそう楽しい。

「彼女のしずかな声は、暗い空に稲妻が光るように、私の混乱した考えを明らかにしてくれた」

これが元アメリカ大統領の私生活の一面なのだ。今度も夕食の時、カーター氏は一皿出て来る毎に、夫人にこれは何かとお聞きになり、夫人は英訳のメニューの内容を正確に伝えられる。微笑ましい光景であった。

「昔のはにかみは消え、髪は灰色に変わっても、彼女の微笑は、今も小鳥たちに囀《さえず》りを忘れさせ、私には囀りを聞くことを忘れさせる」

どうも訳がうまくないのだが、そもそも詩を翻訳するなんて冒瀆だ、というのが私の言い訳だ。カーター夫人はファーストレディだったというより、静かさと慎ましさを今でも貫いている方である。

妻を褒める夫は怪しい？

夫婦のつながりは、どこの国でも同じであろう。日本でも多くの年取った夫たちが、妻に先立たれると生命力を失ってしまう例が報告されている。あるいは一人で暮らしていても、かつて妻がしていた家事をすると、あたかも妻が傍にいてくれるように感じることがある、と述懐した夫もいる。

日本の男たちの多くは、自分でお茶さえも淹《い》れられない人が多いから、妻を亡くすと生きていられなくなる人が多いらしいが、やはり向き合ってお茶を飲み、話をする気楽な相手がいなくなったことが辛《つら》いのである。夫婦のつながりは深い。

しかしそれでも日本の男たちは妻をあまり褒めない。「家内は非常に美しい女性で」とか、「家内は立派な政治家です」とか、「家内は昔から秀才でしたから」とかまじめに褒めた日本人に、私はまだ会ったことがない。

日本の夫たちは、妻のことを言う時、必ず強情で、スタイルが悪くて、もの知らずで、おっちょこちょいで、おしゃべりで、根性が悪い、という話し方をする。それを聞いている他の男たちは、それに同調もせず否定もせずに笑い、そして心の中では「ああこのうちは、夫婦仲がうまくいっているんだな」と思うのである。

反対に、女房を褒めそやす男がいると、「あいつは、陰に女がいるんじゃないか」と周囲は思う。

若い世代は知らないが、ある程度の高齢者間で、このような日本的に屈折した表現がすんなり伝わるのが、世界中にわずか韓国人と台湾人だけだ、というのはどうしてなのだろう。日本人は、決してカーター元大統領の「ロザリン」のような詩を書かないし、書けないのである。

山の神が居間にいる国

どうしてアメリカ人にはできて、日本人にはできないのか、と考えてみると、アメリカ人はいつまでも夫婦は男と女なのである。父と娘も男と女なのである。だから少しでも外見や性格を非難するようなことは気楽に言えない。

しかし日本人にとって結婚してしばらくすると、妻は肉親に近くなり、子供が生まれれば、「お母さん」になるから、妻のことを「愚妻」とか「荊妻《けいさい》（みなりの質素な女）」と言っても、謙譲語として通るのである。「うちのかみさん」という時は、おそらく平仮名なのだろうが、かみさんは「御上さん」から来ている。明らかに尊敬語である。妻を卑下して言う「やまのかみ」は「山の神」と書く。一神教の世界では考えられない発想だ。料理屋の女将は「お上さん」でやはり奉《たてまつ》った呼称である。

私は大学でいい加減に英文学を学んだおかげで、西欧的な思想にも少し触れた。その結果、妻を褒め讃《たた》える外国の男たちの姿勢のよさにも微笑を覚え、妻を愚妻と表現したがる日本の男たちの俯《うつむ》き加減のものの言い方の陰影も理解した。何と言ったって私は日本人なのだから。

私は日本人と非日本人の違いを楽しんできた。同一性ではなく、違いこそ社会を強く複雑に楽しくしてくれる、という思いは変わらないが、違いを許さない人が世界にたくさんいるから喧嘩が絶えない。

私の中の異国、私の周辺の異文化ほど、私を複雑にしてくれたものはない、と今でも私は感謝でいっぱいなのである。

第3章……意見の不一致は楽しい

人間の浅知恵では計れないこと

通用しなくなった「ある感覚」

私は高齢者なのだから、今さら「年寄りにはわからない」などと言わなくてもいいのだが、この頃時々、ある感覚の差をどうしたらいいのか、と思うことがある。

先日、教育改革国民会議へ出席するように、と言われた時のことである。メンバーが発表されると、とたんに数紙の新聞からインタビューの申し込みがあった。中には「アンケート調査を実施いたしますからお答えください」というのもあった。

私の密かな感じでは、雑誌がアンケートで誌面を作ろうとし始めたら、その雑誌は既に発展的危機に陥っている。新聞は少し機能が違うと思うが、私は昔からアンケートというものに軽い嫌悪感を持っている。すべてのことに「そんなに簡単に答えられるくらいなら、小説など書くものか」という感じを持っているからである。だから相手がアンケートを企画するのは自由だが、私は返事を書いたことがない。

しかし私がこだわるのはアンケートそのものではない。どなたにせよ、相手が企画したことなのだ。会議でどんなことを言いますか、などと外部から先に内容を聞こうとするのは、やはり失礼であろう、という感覚が、まるで通用しなくなっているのである。

私が老舗《しにせ》の和菓子屋の主人で、お茶事に使う独特の趣向を凝らした菓子を作ることを引き受けたとする。それができ上がった朝に、別の客が来て「ほうこれは珍しいね。十個ばかり売ってくれないか」と言われても、私はそれを売らないのが信義というものだろう。

A社が私に小説を書くように言ったとする。そこへB社の編集長が来て、「今度の小説できましたか。どういう話です？　ちょっと読ませてくださいよ」と言うのもやはり無礼だろう。その小説が見せ渋るにとうてい値しないほどの駄作であったとしても、である。

胆に銘じていること

私は教育というものは、精神的な基盤と、具体的な方策と、二つが要ると思っている。これは車の両輪だ。精神的な面だけとやかく言っていてもだめだ。しかし基本的な精神の基盤がなければ教育は流行に流される。

一九八四年から三年間にわたって続いた臨時教育審議会にいた時もそうだったが、教育に関する会議は他のどれよりもおもしろい。今回の第一回の会議は精神論に終始したなどと書いた新聞もあったが、それは取材不足である。会議の後には、すべての委員が自由に新聞記者と語ったはずなのに。

昔の臨教審の時、私は義務教育の中で、死に対する準備教育を取り入れるべきだと提案したが、当時は一顧だにされなかった。しかし現実には、地方自治体や民間で、手作りの死の準備教育はすっかり普及した。うっかり文部省（当時）が動いて「個人の死まで国家が管理する気か」などと言われるより、民意に委《ゆだ》ねた方がずっとよかったのだろう。教育の効果などというものも、本当は人間の浅知恵では計り切れない、と肝に銘じているつもりだ。

平和は善人の間には生まれない

子供に、いやがることを一切させないとどうなるか

二〇〇〇年に始まった教育改革国民会議に出ていた頃、今の生々しい教育の現状を聞かされるので、非常に新鮮な解答にたどりついたものである。

日本の教育が予想以上に腐敗と荒廃の度合いを深めているということは、よく言われているが、病状が進んでいるのは何も学生だけではなくて、社会人も、父母も、皆が「おかしくなっている」と言う。もちろん、すべての人々は素質も育ちも受けた教育も環境も違うわけだから、原因の共通項はなかなか見つけにくい。しかし、ないわけではない。それは日本人の幼児化ということだ、と専門家は指摘する。

幼児化は、大人が子供に適切な愛情と厳しさで接することをしなくなり、ただ甘やかして機嫌とりをした結果、子供のいやがることは一切させなかった結果である。

「ご飯の後片づけをしなさい」
「ボク、宿題あんだよ」
「あいさつをしなさい」
「何であいさつなんかしなきゃなんないんだよ」
「テレビばかり見ていないで本を読みなさい」
「AちゃんもBちゃんもこの番組見てるよ」

そこで大人は黙るのである。幼児化を防ぐには、これらのことをすべて幼い時に、問答無用でさせる癖をつけることだろう。その時までならば、親が感情的にならない範囲で、軽い体罰も有効である。少し大きくなれば体罰などいらない。会話で十分である。

あいさつをさせるのは、心ならずも、他者との最低のつながりを保つことを教えるためだ。食事の後片づけは、人間が生きるための基本的な営みの重要性を体で覚えさせるためだ。

そしてテレビだけでなく本を読めというのは、ヴァーチャル・リアリティー（仮想現実）に頼ってどんどん実人生から離れることを防ぐためである。不思議なことに読書も直接体験ではないのだが、辛抱も身につき、哲学も残るのである。

幼児性の特徴とは

幼児性の特徴は幾つもあるが、周囲に関心が薄いこともその一つである。自分の病気には大騒ぎするが、他人の病気は痛くもかゆくもない。万引きをゲームだと思っているのは、自分がただで欲しいものを手に入れられる、ということがわかっているだけで、万引きをされた店の痛手には全く思い至らない、という点にある。

幼児性のもう一つの特徴は、人間社会の不純の哀《かな》しさや優しさや香《かぐわ》しさを、全く理解しないことだ。幼児的人生はすべて単衣《ひとえ》で裏がない。だから、厚みもなければ強くもない。

こんなことを書くだけで、政治家が嘘をついたり、政治的理念など放置して派閥作りに狂奔《きょうほん》するのがいいのですか、などと言われてしまう。

不純にもいろいろあるのだ。下世話な言い方をすると、下等の不純も上等の不純もある。不純というと一つの概念しか考えないのが、幼児性なのである。本当に有効な予防外交というものが、もしあり得たとしたら、それは上等な不純が功を奏したからである。

幼児性はものの考え方にも、一つの病状を示すようになる。理想と現実を混同することである。この混同は、自分がその場に現実に引き出されない限り、それが嘘であることが証明されない、という安全保障を持っている。

一九九四年のルワンダのフツ族によるツチ族の虐殺の時、あるフツ族の老女は、自分の娘がツチ族の男性と結婚して産んだ孫を殺した。「お前が本当にフツ族なら、ツチ族の血の入った孫を認めるわけがない。もし殺さないなら、お前を殺す」と言われたからであった。

こうした実際にあった話を前にして、自分はこういう場合にも絶対に幼児を殺すことはしない、と自信を持てるのが幼児性である。「もし仮に自分が……であったなら」という仮定形になかなか現実の意味を持たせられないのが幼児性なのである。

結果的に幼児性は相手を軽々と裁く。これも大きな特徴の一つである。それは、人間というものはなかなか相手を知り得ない、という恐れさえ知らないからである。あるいは自分もその立場になったら何をしでかすかわからない、という不安を持つ能力に欠けるからでもあろう。

一方、幼児性は、社会と人間に対して不信を持つ勇気がない。不信という一種の不安定でおぞましい、しかし極めて人間的な防御本能を駆使することによって、初めて私たちは一つの信頼に到達することができる。したがって信じるまでの経過には、私たちの全人的な人間解釈の機能が長期間にわたって発揮されるわけだ。

普通の場合、私たちは見知らぬ人、名前は知っていても個人的にその言動にふれたことのない人の生き方を信じる何の根拠もない。しかし幼児性は、さまざまな図式によって、人を判断し、それを信じる。その図式も時代の流れに動かされる。有名なら信じる。金持ちは悪人で、貧しい人は心がきれいだ。反権力は人間性に通じる、という具合だ。現実は、そのどれにもあてはまる人とあてはまらない人がいる、というだけのことだ。

不純さの中で人間は大人になる

幼児性はオール・オア・ナッシング（すべてか無か）なのである。その中間のあいまいな部分の存在の意義を認めない。あるいは、差別をする人とされる人に分ける。しかしあらゆる人が、家柄、出身、姻戚《いんせき》関係、財産、能力、学歴、その他の要素をもとに、差別をされる立場とする立場を、時間的にくり返して生きているのである。ただこの世ですべての人が、それぞれの立場で必要で大切な存在だということがわかる時だけ、人間は差別の感情などを超えるのである。

平和は善人の間には生まれない、とあるカトリックの司祭が説教の時に語った。しかし悪人の間には平和が可能だという。それは人間が自分の中に充分に悪の部分を認識した時だけ、謙虚にもなり、相手の心も読め、用心をし、簡単には怒らずとがめず、結果として辛うじて平和が保たれる、という図式になるからだろう。

つまり、そのような不純さの中で、初めて人間は幼児ではなく、真の大人になるのだが、日本人はそういう教育を全く行ってこなかったのである。

もめて当然

アピールには名を連ねない主義

ある時、教育改革国民会議では、十七歳が立て続けに起こす犯罪（大阪府寝屋川市の小学校教師死傷事件、愛知県豊川市の主婦刺殺事件、西日本鉄道の高速バス乗っ取り事件など）に対して、何も意思表示をしないのはおかしい、ということになった。

もちろん事件の度に心を痛めない人はないだろう。これが長年「新しい、進歩的で、民主的で、平等を重んじた、開かれた、日教組的」な先生たちがやって来た教育の結果なのである。

日本の教育の現状は比較的簡単に救えると私は思っているが、中には、もう病状は重体か危篤の段階で、救うのには三十年はかかるだろうと言っている人もいる。

アピールは座長の江崎玲於奈氏の名前で出されることになっており、最初の文案に対しては、反対意見が多かった。今さらこんなありきたりの文章を出されるのは困る、という立場の委員もかなり多かった。結局、会議の終わるまでに座長は委員の意見もかなり入れて文章をなおされたし、私は卑怯《ひきょう》な意味ではないのだが、江崎座長の名前で出されるなら、それでいいと思った。

そもそも複数の人で出すアピールなどというものを、作家が承認できるわけはない。もちろんどんな作家も、自分の意見や著作が絶対のものだ、などと思っているのではないだろう。しかし、それがもし、くだらないならくだらないなりに、それは隅々まで私でなければならないのである。

文章というものは、一言一言に、その人なりの意味の軽重や含みを計算して言葉を選んでいる。いかなる人とも妥協はできない。だから私はアピールには名を連ねない。アピールを出すのが趣味のペンクラブは脱退している。

意見の不一致は当たり前

座長個人の名でも、こういうアピールを出されるのは困る、という強硬な意見を出す委員もいた。でも私は座長の個人的な意見を拒むことはできないと思った。それはまた言論の弾圧である。だから、大変もめた結果の妥協だということを、大いに外部に語ればいいと思っていた。それも一種の情報公開だ。

会議が終わって私は一番早く会議の部屋を出た。すると四人の新聞記者に「アピールは出ますか？」と聞かれた。いつも会議の内容ではなく、推移だけを気にする質問である。それで私は、

「ええ、うんともめましたけど、お出しになるようですよ」

と答えた。すると新聞記者たちは色めき立って「意見の一致を見なかったんですか？」と内紛を嗅《か》ぎつけたような口調になった。作家などというものは、相手の言葉の裏の裏をかんぐるように生まれつきできているのである。

それで私は答えた。「当たり前でしょう。こんなことに意見の一致を見たら、それは社会主義国家のやり方ですよ。もめて当然でしょう」

新聞記者たちは若いのだから仕方がないのかもしれないが、もう少し複雑で哲学的で本質的な質問をするように各社訓練してほしい。そうすれば、会議の後の「情報たれ流し」がもっと楽しくなるだろう。

人生は、予測できないから人生

唯一、やり直しが効かないこと

一九三一年に生まれた私は、二十一世紀のことまで考えたことがなかった。私が三十七歳だった頃、女性の平均寿命は七十四歳だったことをよく記憶しているから、私は二十一世紀までぎりぎり生きていられるかどうか、というところだったのである。だから確率の少ないことは、あまり考えない、ことにしたのだろう。

しかし私は元気で二十一世紀を迎えた。いつまでも生きていられるものではないが、運命から「生きていていいよ」と言われている間は「ああ、そうですか」と素直に従っておく方がめんどうでないと思っている。

私は教育改革国民会議の第一回の会議の席で「すべての失敗は人生でやり直しが効くが、殺人と自殺だけは、後で補うということができない」と言った。だから、子供たちに、人間の命は特別な原初的な重い意味を持っているということを、現実の生活の中できっぱりと教えなければいけない、と言いたかったのである。

しかし核家族では、祖父や祖母が老いて死んで行く姿をみることもない。父や母が最期を迎えるのは病院である。死ぬことや殺すことは、テレビの画面の中で見て理解したつもりになっているが、つまりそれはヴァーチャル・リアリティーで、電源を切れば全く心の中に定着しない。従って人生観に何の影響も残さないものなのである。

自殺などというものは、昔から哲学青年か、高名な文学者か、美人の女優が実行すれば軽薄な世間はそれを何か致し方がないもののように承認し、時にはその人に関する神話をさらに華美なものに仕立ててあげたものであった。

しかし自殺した人の家族は決してそんな思いにはならないだろう。私は自殺は「芝居がかっている」から嫌だった。私は昔、母が自殺する時の道連れ、つまり当事者になりかけたからよくわかっているのである。

生きることは、運と努力の相乗作用

戦争の時も、私は自分が死にたいのでもないのに、明日まで生きていられないかもしれない運命に直面させられた。私は生きていたい、とそれだけを思った。私自身の努力で爆弾の直撃を避ける方法など全くなかった。

それ以来、私はこの世に「安心して暮らせる」状態などないこと、生きることは運と努力の相乗作用の結果であること、従って人生に予測などということは全く不可能であること、しかしそれ故に人生は驚きに満ち、生き続けていれば、びっくりすることとおもしろいことだらけだと、謙虚に容認できるようになった。

「ワンダフル」という英語は通常「すばらしい」と訳するが、それは「フル・オブ・ワンダー」＝「驚きに満ちている」という意味で、つまり「びっくりした」ということだ。生きていれば必ず、その人の予測もしなかったことが起こる。英語を話す人たちは、予定通りになることをすばらしい、と感じずに、予想外だったことをすばらしい、と感じたのだ。

そのためにも、人は、他人を殺してはならない。自殺もいけない。二十一世紀の人間教育の基本はそこから出発する。

奉仕活動、したことのない人ほど反対する

肉体労働という体験

日本を離れてシンガポールで一週間か十日を暮らすようになると、とたんに本が読める。東京では家事をしてくれる人がいて秘書も通って来るのだが、ここでは私が家事一切をしてしかも本が読める。理由は多分、郵便と電話がないからである。Eメールなど使っていなくて本当によかったと思う。

ここにおいてある本は限られているが、そのおかげで杉田玄白などを読むと、その元気のよさに改めてびっくりする。

「昔、日本国中が争乱に明け暮れていた時、ひとり対馬の国だけは離れ島だったため、武士たちは戦争ということを知らず、みな柔弱で、物の役に立ちそうな者は一人もいなかったのである。ところが豊臣秀吉が、朝鮮と戦争を始めた時、対馬藩に

先陣の命が下ることになった。そこで時の領主は知恵を働かせ、古い城を取り壊して、現在の城を急遽《きゆうきよ》造らせ、武士たちに土運びや石運びをさせたのである。

すると四、五日の間に、武士たちはみな見ちがえるように立派になり、他国の者たちと同じように、朝鮮で立派に戦ったと、今なお対馬の人たちは語り伝えているそうである。昔も今も、この天地は変わりなく、また同じ月日がめぐっていて人にも変わりはないから、教え方いかんで、どうにでもなるものだと言えよう」

だから教育改革で奉仕活動を行わせると、また戦争に駆り出されると思われる、というのが反対派の意見だが、玄白が言うように四、五日のうちに変わるかどうかは別としても、普段したことのない肉体労働をさせれば、それを体験した人間は、肉体的にも精神的にも変わって逞《たくま》しくなる例が多いのはほんとうである。しかも今は結果として「朝鮮出兵」に行かなければならないわけではないのだ。

奉仕をするのは人間だけである

「奉仕」という言葉が嫌いな人が多いらしく、それはそれで家風でもあろうから結構なことだが、私は子供に、人に奉仕できる人になることを第一に願って来た。動物は決して奉仕をしない。病弱なら奉仕はしたくてもできない。少しくらい成績など悪くても、無償で人を助けられる気持ちを持つ人間になってくれることこそ、私の第一の願いだった。

理由は簡単である。受けるだけなら、大人ではない。それは赤ん坊か老人である。受けて与えることの双方を、喜びをもってできることが、大人の条件だからだ。肉体的には大人なのに、精神的に子供のままだという人が増えたのは、家庭でも学校でも社会でも「与える機会を与えられなかった」からである。

もちろん人にもより、例外もあるが、奉仕活動に関しては、したことのない人ほど反対するようである。したことのある人は、それなりに自然におもしろがっている。ゴルフと同じなのではないか。たいていのことはそんなものだ。

奉仕活動をやってみて真っ平だと感じたら、自分の一生をその路線で決めればいいのだから、無駄ではない発見なのである。

柔軟に考える

やってみなければわからないこともある

中央教育審議会が、児童生徒の奉仕活動を単位として選定し、入試の評価対象にもすることを求める答申をしたことについて（二〇〇二年）、意見を求められたが、私はいつも反応が遅いので、数日考えていて即答もできなかった。私が教育改革国民会議の答申の中で「奉仕活動を義務づける」ことを提案したので、こういう質問があったようだが、今度の決定は義務化ではなくてよかった。

このごろ、私は「人間のことを決める」には、柔軟な考え方が何より必要だ、と思うようになった。

昭和二十年の戦争末期に、激戦場と化した沖縄の南部では、野戦病院が撤退する時、壕の中の瀕死《ひんし》の重傷患者に、致死量のモルヒネを打った。現代の人は何も経緯を知らないからすぐ「それは殺人行為ではないですか」などと言うのだが、外へ出れば艦砲射撃で逃げ場もない。患者を運ぶ車輌もない。苦しみをなくすためには、貴重なモルヒネを打って安らかに眠らせることが最善のことと思われたのである。

事実その注射で息を引き取った人もいたが、中には信じられない幸運を得た人もいた。致死量のモルヒネで深く眠った兵の中には、気がついた時には米軍の野戦病院にいて、充分な手当てを受けていた人もいたのである。

致死量と言われる薬を打っても、死ぬ人と、ぐっすり眠り込むだけの人とがいる。それが人間のおもしろさであり、すばらしさなのである。

奉仕活動も同じで、当然のことだけれど、おもしろかったという子と、もうあんなこと真っ平だという子ができるだろうと思う。その双方が出ることが、人間として当然の帰結なのである。

おもしろかったという要素にもさまざまあるだろう。奉仕活動でもいいから教室で勉強するよりいいという怠け者や、体を使うと後が気持ちいいという体験派まで、理由は無限にあるだろう。もうあんな労働は真っ平だ、と懲りた子は、それによって一つの選択眼が養われたので、以後は人生をこの嗜好《しこう》に従って構築するだろう。

普通の生活をしていても、体験には、自ら選ぶものと強いられるものと双方がある。どちらも、よくて悪いのである。それが人生というものだ。

人生には予測だけで決める場合もあるけれど、やってみなければわからない部分も多い。私は今財団で人道的な目的に沿った仕事をしようとしているが、人間相手の仕事は、スタートの時、細部まで決めることはなかなかできない。やってみるとあちこちにさまざまな齟齬《そご》が出ることもある。それを注意深く拾って行って、悪いことはすぐ撤退し、いいことは少しずつ補強する。そのいい意味での試行錯誤、小回りの利いた柔軟な朝令暮改の姿勢こそ、人に仕えさせてもらう仕事の基本姿勢だと思っている。

好みも生き方も違う人の存在に耐えられるか

奉仕活動は一部の学校や地方自治体では、もう既に始められているということは前から聞かされていたが、それをどのような形に発展させて行くかにも、多分同じような柔らかで、のんきで、温かい対応が必要だと思う。そのためには、人生がどの地点ででも、決して完全ではあり得ないという真理を認識する叡智《えいち》が必要だろう。

むしろ完全でない人生をいかに対処していくかを学ぶことが、大切な過程なのだ。

空調のない現実の暑さと寒さを味わうこと。大勢と起居を共にすること。車ではなく長く歩くこと。自分の好みではなくて与えられたものを食べること。したいことを我慢できる心の強さを持つこと。こうしたことは、すべて大きな意味を持って人間を創る。

途上国には電気もない広大な地域が残されている。国連の援助機関が配ってくれる粉と油で食いつなぐという生活が、好きなものしか食べない人間にどうしてわかるのだ。平和を構築するということは、隣にいる好みも生き方も違う人の存在に耐えることとしかない。それを嫌だと言うなら相手を殺す他はない。

奉仕活動をしたかしないかを、入試の評価対象にすることが、すなわち強制だという人もいるだろうけれど、それは臆病者の感慨である。

人は嫌なことには全身で抵抗すればいいし、それもまた現代の日本では命や健康を損なわずにできる。少し損をするだけでたいていの自由は得られるのだ。人はあらゆる行為に対して、もともと代償を払うべきものだ。損をするのが嫌なら、妥協もまた一つの凡庸な選択だと知って納得するのも教育である。

愛国心について

サッカー会場の日の丸の旗

かねがね皇室、日の丸、君が代に反対の姿勢を取り続けていた新聞社が発行した週刊誌の表紙が、一面を埋め尽くした日の丸の旗の図柄だった。もちろんサッカー場の光景である。もっとも乱視の私は一瞬なんの模様だかわからなくて、強いて言えば溶いた卵にトマトを入れて炒めたウイグル料理（私たちが通常〝トマ玉〟と呼んで新疆《しんきょう》ウイグル自治区にいる間中、毎日のように食べていたもの）かと思った。

卒業式場に掲げた日の丸を引きずりおろして、踏んだり焼いたりして新聞に報道され、時には英雄扱いになった人たちは、どうしてこういう社会状況に黙っているのだろう。国旗を掲げることに反対した日教組色の強い先生たちは、生徒たちに今回、国旗を振るようなサッカー会場に行くな、見るな、と信念をもって言ったのだろうか。今回の全世界を挙げた国家色の波を批判することもできなかったのなら、国旗に反対だなどと軽薄に口にするものではない。

再び言っておく。「日の丸は戦争の血によって染まった旗だ」というなら、次の事実を確認すべきだ。大東亜戦争の死者は三百万人前後。戦後の人工妊娠中絶数は一億以上。大東亜戦争三十三回分の人の命を、私たち日本人は中絶で奪った。国旗が血塗られたと言うのなら、それは戦後だ。何しろ大東亜戦争の死者の三十三倍、それも自分の命を奪おうとする親に、闘うこともできなかった胎児ばかりを選んで、その命を断ったのだから。

今回ワールドカップ（二〇〇二年）に参加したアフリカ、南米、東欧などの国々の中には、貧しく、経済的にも社会的にも不安材料を抱えている国がある。ゲリラや麻薬を一掃できない国もある。しかしそれでも彼らはその国の人として、その国を愛して生きている。私たちがあたかも男性か女性のどちらかとして生きる方が安定がいいように、誰もが国家に属し、その国民であることを必要としている。性同一性障害という病気に悩む人たちの苦しみは、国家のない国民に似ている。

人は帰属しなければ生きていけない

私は愛国心というものは、鍋釜皿並みの日常必需品で、別にインテリがいかように持つべきかを議論することではない、とここ数年思うようになった。国家か部族に帰属しない人間は、世界中、どんな土地にもいないのを知ったからだ。帰属しなければ生きていけない、今よりもっと暮らしが悪くなることが見えている。世界市民などという空虚な身分は、百年先には可能かもしれないが、今の時代に住む平凡な人間の私たちには、持ち得ない観念である。

私は今財団で働いているが（当時）、考えてみるとその中心にある思いは（体裁よく言えば）愛国心としか呼びようのないものだ。誰に仕えるかというと、不特定多数の日本人としか言いようがない。私はたくさんの何十年来の友達がいるが、イジワルな私は、親友のためなら決してこんなにただ働きはしてやらないことがわかっているのである。

単純は、むずかしい

明白な意志による三つの行為

亡くなった母と私の主治医でもあったドクターに、私は何となく自分の最期もみとって頂けるような気がしていた。しかし考えてみると、ドクターは私より年長だったから、自然のことわりとしてそれは無理だったのだろう。

先日、ご自分の重篤な病を知りつつ、亡くなる数日前まで仕事をなさって眠るように亡くなられたという話を奥さまから伺った。私はまだお元気な頃のお顔だけを思い出していた。いつもにこにこと柔らかで、昼ご飯抜きで百人もの患者を外来でみられても、疲れたとか、急いでいるとかいう素振りを決して見せない方であった。

お葬式の時に記念に頂いて来たカードには「働きと祈りと愛とでその日を満たせ」という言葉が書いてある。十代の青年だったドクターに洗礼を授けたパリ外国宣教会の、ラリウ神父という方の座右銘だという。

ほんとうにその通りに生きられた方だった。この三つの項目は、すべて明白な意志による行為である。市民として要求することが権利だとか、人を非難することが正義だとするような現代の風潮とは無縁の、あくまで自分のすべきことをするという、尊厳に満ちた自己完結型の生き方である。

よい人生というものは

奥さまのお話によると、海がお好きだったので、海の近くにお住まいをつくられ、遺言で海に散骨された。私がよく週末を過ごしている相模湾の、夕陽の輝きの中にドクターは帰られたのである。

相模湾の夕景は、それ以来私の中で亡き方の視線となった。夕映えが波と空を毎日違った言葉で語りかけるようにそめる。人間の一生は永遠の前の一瞬に過ぎないと知りつつ、その一瞬がこれほどに重く、濃密な意味を持つのか、と私は感動に震える。

考えてみれば、よい人生というものは、簡単なものだ。「生かし、与え、幸福にする」それだけを守ればいいのである。「殺し、奪い、不幸にする」ことの平気な為政者が世界のあちこちにいることを思えば、理解は簡単である。

ただ単純なことは、むしろなかなか簡単にはできないことが多い。

中絶という名の殺人もせず、平和を基本理念に武器を売る国家にもならず、個々の家庭が穏やかで呑気《のんき》に助け合い庇《かば》い合って、もちろん暴力の気配などなく暮らす。この三つの点だけで検証しても、多くの国家と社会と個人が、これに該当しなくなるのである。

「与え」るものは物質だと思っている人も多いだろう。そうではない。知恵、体験、忍耐力、健康、自由、納得、献身する姿勢、悲しみを通り抜ける術《すべ》、不幸を受諾する勇気まで、物以上に力を発揮するものはたくさんある。私たちはそれらの存在の大きさをまだ知っていないように思う。

必要悪は善か、悪か

ものわかりのいい人

万引きをした少年が、正直に学校や名前を告げないので、店主が警察に通報した。警察官の取り調べに対しても黙秘したので、署に連行しようとした矢先、少年は逃げ出して電車にはねられて死亡した。

すると店主に対して、少年を殺したのはお前の責任だ、という内容の匿名の電話がかかって、店主は一時店を閉めることさえ決心した。その後、励ましの電話が相次いで、再開店を考えだした、というところまでが私の知識である。

これは常に弱者を正当とする日本人の精神的流行を如実に表したものである。

万引きに対して日本人はその重大性も考えず、恥の観念も欠き、少年を叱らない「ものわかりのいい人」ばかりを演じようとして来た。万引きは単純に泥棒なのだから、人間としてまず万引きをしない人になりなさい、とは親も世間も言わない。有名なタレントまでが、万引きなんか誰でも当たり前にしていることだとテレビで言ったのを、私自身たまたま見たことがあるが、世間から糾弾されることもなかった。

それがどれほど必要であろうと

先頃、ある新聞に癌で倒れた記者が、死の直前まで自分の病状を記録し続けた話が掲載されて読者を集めた。私も物書きの一人だから、その思いは充分すぎるほどわかる。しかしそういう執念は、ほとんど誰もが持つものだ。

決して死者をおとしめるわけではないが、この方は大酒を飲む方だったらしい。新聞はせめて、健康のために酒は節制すべきだ、と一言書くべきだ、と私は思った。世間には地味に節制して、黙々と誠実な生涯を生き通した「偉大な」庶民たちが私たちの周辺にいくらでもいる。その人たちのことが記事にならないのは、やはり記者たちの力量を存分に生かしていなかったという感じである。

ホームレスをいじめたり、殺したりすることに正当性があるわけはない。しかし同時に人間は、耐えてまじめに働かなければ、家族とも別れて、寒さや飢えに苦しみ、時には凍死することにもなる、とも教えて当然だ。ホームレスが出るのは行政の怠慢の結果だ、というだけでは、単純すぎる人道主義の臭気が匂ってきて、私のような不純な精神の持ち主を納得させない。

二〇〇二年十二月十日のノーベル平和賞の授賞式において、アメリカのカーター元大統領はスピーチの最後の部分を次のように締めくくっている。

「戦争は時には、必要悪である場合があるでしょう。しかしどれほど必要であろうと、それは常に悪であって、善であることはありません」

これは明快な真理である。

カーター氏は、戦争が必要悪である場合もある、と言った。日本人との違いはこの点である。日本人は、戦争が必要である場合があるということと、それがいつでも常に悪であることとの双方を、決して同時に、苦悩のうちに認めることができないのである。

身を守る技術

逃げよ！　勉強だけでは身を守れない

小学校に侵入して、何の動機も深い理由もなく、児童や先生を殺傷する人が現れるようになってから、小学校の防備が厳重になった。刺股《さすまた》と呼ばれる昔風の、武器とも言えない道具が一本一万円以上もして、しかもそれが生産が追いつかないほど売れているという。しかしそれで防備が完璧になるわけではない。

夫は、猫かわいがりに育てられた色が白い子供で、学校でバカにされることが多かった。相手にすればいじめがいがあったのだろう。ところが小学校四年生のころから突如として「男性ホルモンが出るような感じがして」（当人の言葉）悪口を言う相手は「取り敢《あ》えず殴っておこう」と思うようになった。それで多分人並みな悪童として無思慮な時期を越したのだろう。

息子は自ら「下校拒否症」と言うほど学校が好きで、朝は開門と同時に校庭に入り、カケッコに打ち込んだ。池の金魚を釣り、煙突に上り、コロッケを買い食いして先生に叱られる子供時代だった。

孫は別の土地で育ったのでよくわからないが、お母さんのおかげで小学校一年生から少林寺拳法の道場に通った。小学校六年生で初段を取ったが、闘わずしてとにかく逃げるが勝ちと思う冷静なタイプではないか、と私は見ている。

しかし子供たちにも身を守る技術をつけさせることは大切だ。刃物を持った男に立ち向かうことはできないだろうが、指一本取って相手を動けなくするか、隙《すき》を突いて逃げる技術は覚えられるかもしれない。勉強ばかりして身を守れないのは、どこかアンバランスである。しかし教育の不備がここへ来ていよいよ明らかになったという人もいる。

生きる目的なくして

犯人の少年に、生きる目的を与えられなかった家庭や学校や社会が病んでいるのである。人を殺すくらいなら「死ぬ気でやりたいこと」が他にあってもよかったのだ。

貧困な国や社会では、家族と自分が生きるのにせいいっぱいだと知っているから、家族を生かすために盗みや売春をするケースはあっても、無目的な殺人などしない。何とか一生懸命働いて、さしあたり自分が空腹から逃れ、親や弟妹にも食べさせることが、確固とした目的になっているのである。

日本の刑務所にいればテレビも見られ、重労働の水くみをしなくても雑居房の水の栓からさえ清潔な水が飲め、食事も充分に出される。しかしこういう保障のない国では、出所するや包丁を手に入れ再び人を刺して刑務所に舞い戻る道を計画したりしないだろう。

日本の学校は侵入者を恐れて、ますます要塞化を進める。私が訪ねた質素なフィリピンの田舎の小学校では入り口に粗末な板をうちつけた看板があり、土地の言葉で「どうぞおはいりください」と書いてあった。その優しさが忘れられない。

歩きながらものを食べる人たち

けじめのないことが自由か

記録的な酷暑に喘《あえ》ぐマルタ、シチリア、北部イタリア等を旅行して歩いているうちに、思い出したことがある。

一つはリンゴを丸齧《かじ》りにする楽しさである。旅行中は、日本の暮らしより野菜が少なくなる。それでリンゴを食べるようにした。というより、丸齧りにできるサイズのリンゴがいつも食卓に出たからである。日本で近頃、リンゴを齧ることがなくなったのは、別に私が上品に暮らしているからではない。

私は歯だけは丈夫なので、リンゴの丸齧りをしたいのだが、最近の日本のリンゴの大きさは普通の人間の顎《あご》のサイズに合わないようになってしまった。それで止むなく家族で一個を剝《む》いて分けて食べる。

今回初めて、果物は大きければいいというものではないことを実感した。

リンゴは適切なサイズのものを丸齧りにすると、この上なくおいしい。昔は洋服のスカートでちょっと拭いて食べた。拭いた方が余計に雑菌がつきそうだが、子供はそれできれいにしたつもりだったのだ。もっともリンゴの丸齧りには、それに似合う風景も要る。日溜まりのベンチや雑木林の小道など、よく似合う場所というものがあった。

日本に帰って来て一週間ぶりに私鉄の電車に乗った。そろそろお盆休みに入りかけているところで電車も空いていたし、涼夏だから外出も新鮮な楽しさだった。すると歩きながらや電車の中でものを食べている人が多くなっているのに気がついた。

おにぎりが一人、パンが一人、サンドイッチが一人。

もちろん人間には、それぞれに他人に言えない事情がある。ちょうど午前十一時頃だったから、さまざまな理由で朝ご飯を食べ損なった人が何人もいたのだろう。寝坊したのか、仕事で忙しかったのか……しかし教師も親も、けじめというものを教えなくなったのは事実だ。そしてそれが自由というものなのだ、というでたらめを黙認した。

「食事をすると決められた場所以外で、食事をしてはならない」

私は小学校から高校まで、「それをすると決められた場所以外で、それをしてはならない」と学校で厳しく教えられた。

トイレは社交の場ではないのだから中で喋ってはいけないし、廊下は移動する場所なのだから、やはり騒いではいけない。

食事は、食事の時間に食堂でする。それ以外の時と場所で、ものを食べてはいけない。とは言っても、複雑な社会は食堂と名のつくような場所に入って食べる暇もない人々を作り出した。そこで人間は略式の場を多く考え出した。座ってコーヒーを飲む暇がない人のために、立って飲めるテーブルやカウンターを考え出した。しかしそれでも場所は決められていると言っていい。

犬や猫でさえしつけが大切と言われる。人間にもすべきだろう。

第4章……子供に嫌われたくない大人たち

子供に迎合する社会

物質的豊かさと平和の中で

近年、日本の教育の荒廃は、見過ごせないものがある。子供はひ弱で欲望を抑えきれず、子供を育てるべき大人自身が、しっかりと地に足を着けて人生を見ることなく、功利的な価値観や単純な正義感、時には虚構の世界（ヴァーチャル・リアリティー）で人生を知っている、と勘違いするようになった。

その背景には、物質的豊かさと、半世紀以上も続いた平和があった。

日本は世界でも有数の、長期の平和と物質的豊かさを誇ることのできる国になったが、その目的に到達すると共に、自身で考える力、苦しみに耐える力、人間社会の必然と明暗を、善悪を超えて冷静に正視する力を失った。

情報の豊かさは開かれた社会には不可欠のものであるが、同時に人は情報の波に溺《おぼ》れて、自らの存在を留めるべき錨《いかり》を失った。経済の発展と共に、人間性を伸ばすことはそれほどに困難なことだったのだろうか。

すべてはまことに皮肉な結果であった。同時にすべて想像されうる変化でもあった。

戦後教育の明らかな欠陥

戦後教育の危険性は、はるか以前から意識されていたが、ここへ来て、教育の欠陥の病状は俄《にわ》かに明らかになった。

戦後教育は、人間が希求するものと、現実の姿とを混同した。私たちは自由を求めるが、しかし人間が完全な自由を得るということは至難の業である。私たちは平等を願うが、人間は生まれた瞬間から、平等ではない。運命においても才能においても生まれた土地においても、私たちは決して平等たりえない。

しかし私たちが自由と平等を、永遠の悲願として持ち続けることは、当然である。

私たちは偶然、日本を祖国として生を受け、その伝統を血流の中に受け、それぞれの家族に育《はぐく》まれ、異なった才能を受けて生きてきた。その歴史を持たない個人はなく、その個性を有しない人もいない。それはまさに二つとない人生であり、存在である。教育はその貴重な固有の生を育て、花を咲かせる以外、最も見事な収穫を得る方法はない。

実に私たちは、現実のただ中に常に生きているのである。そこには限りなく善と悪との中間に位置する人生が展開するだけである。故にこの瞬間に、悪の姿が見えても、私たちは絶望する必要もなく、次の瞬間に善の輝きが見えても安心することはできない。その葛藤《かっとう》の狭間《はざま》に、私たちは育ち生きるのである。

私たちはただ目の前に存在する子供を、あるがままにいとおしむ。

母は幼児の間、常に子供を抱きしめることが自然である。やがて母は目の届く範囲で、子供を自由に放ち、しかしじっと見守り、初歩的な生きる技術とルールを教える。そこで、子供は初めて厳しい人生を味わう。やがてさらに成長すると、母は子供を意識的に離し、その子供の全人格をかけた自由な決定を承認する。

子供のしつけは、父母の責任と楽しみ

教育という川の流れの、最初の水源の清冽な一滴となり得るのは、家庭教育であ

る。学齢期までの子供のしつけは父母の責任と楽しみであり、小学校入学までに、既に生活の基礎的訓練を終えて社会に出すのが任務である。

即ち、家庭においては父や母の愛と庇護とその決定権のもとにおき、団体行動に従えること、挨拶ができること、単純な善悪をわきまえること、我慢することなどの基礎的訓練を終えることとし、それが不可能な子供に対しては父母だけに任せず社会の叡智を集めて外部から助けるべきである。なぜなら子供は、一軒の家庭の子供であると同時に、人類共通の希望だからである。

通常子供は褒められることと、叱られることとの、双方に親の愛情を感じる。褒められるばかりの子供は、しばしば叱られるために悪いことをするようにさえなる。しかし叱る場合にも、親は心理的余裕と、その教育的効果を落ち着いて判断できる状態にいなければならない。

また子供は、父と母を本当は尊敬したいのである。故に父が直面している生活の厳しさ、その成功例と不成功例は、共にたいていの子供が深く愛する話となる。父の職場を家族に見せる気運を社会に望みたい。

また家庭にあるときの母は、一つの重厚な存在感として子供の心に残る。父も母も理想ではなく、人間の存在の証《あかし》として認識されれば、それで家庭教育は成功したのである。両親は、子供が最も理解しやすい、人生で最初の教師である。

学校で道徳を教えるのをためらう必要はない

個性は、学校で受け入れられる場合と拒否され理解されない場合とがあるが、それは人生の如何《いか》なる時点でもあり得る矛盾である。それゆえ理解されない苦難にいかに耐えるか、ということも、一つの学習である。もちろんそれには、別の角度から、家庭や友人などの支持が大きな助けになるのは言うまでもない。

人格のできていない人間は本来高等教育を受ける資格がない。善悪をわきまえる感覚が、学問に常に優先して存在するべきものであろう。

そのために、私たちの先人は実に豊かな遺産を残している。日本語を駆使して、複雑な心情の表現を可能にする。読み、書き、話す技術はもっと大切にしたい。芸術・文化も古来論理と感性の双方に火をともす手段として、また時には人間を超える観念にまで私たちの想念をかき立てることを可能にする。

なぜなら、人と心を通わすことが人間性を保ち、豊かにし、生きるに値する人生を作るのだから。そのためには、コミュニケーションの方途が必要なのである。それゆえ、テレビだけでなく古典、哲学などの読書も必須のものとして再確認したい。教室で道徳を教えるのに、なんのためらう必要があろうか。

基本的な道徳は、普遍性、明快性、単純性を持っている。小学校においては「道徳」、中学校においては「人間科」、高校においては「人生科」として、専門の教師だけではなく、経験豊かな社会人も協力して教える。そこでは、肉体的な生と、精神的な生との双方の充足が、人間を満たすことを知らせる。また成長に従って人間は確実に訪れる生の完成の果てにある死を認識できるようになる。

その時、自他共に生はいかに大切であり、あらゆる失敗は補塡《ほてん》できるが、自ら命を絶ったり、人の命を奪ったりすることだけは、取り返しのつかない行為だということを、改めて教えなければならない。

学校は個人の所有物ではない。多数が共存することは、時に喜びであり、時に苦悩である。共存は、強制と自由、規律と寛大の、苦悩の歴史を編み続ける。

故に一人の子供のために、他の子供たちの多くが学校生活に危機を感じたり、厳しい嫌悪感を抱いたりするような事態にしてはならない。当然のことながら、極めて個性的な子供には、個別の配慮がなされるようにする。

教師は、改めて徳と知識の双方を有して欲しい。そのために、教師自身が絶えず勉強を続けることが望まれる。生徒と保護者は、その結果として、教師に人格的権威を自然に感じるようになるのが理想である。

必要な時に叱る勇気

地域と社会は、教育にまことに冷たくはなかったか。テレビは偉大な影響を持つが、視聴率に迎合して、理想を失うことが多くなった。テレビだけを責めるのは、気の毒かもしれない。子供も大人も最も手近なストレス解消の手段として、テレビに依存している。

社会は子供たちに嫌われ、憎まれることを欲しなかった。社会は子供たちに迎合し続けた。しかし教育はしばしば嫌われ、憎まれることによっても、その機能を発揮するのである。社会は必要な時に子供を叱る勇気を持つべきだろう。

地球上の多くの土地で、子供も大人も生きるために働いている。働かなければ食べられないのだ。自立して生きることは人間の基本である。できるだけ早くから子供には、精神的、経済的、生活技術的独立を可能にしておかねばならない。

教育は本来、父母、当人、社会が共同して行うものであり、そのすべてが効果に責任を有する。親だけが悪いとか、社会が自分を裏切ったから自分はだめになった、などと言うのは口実に過ぎない。

自分の教育に責任があるのは、まず自分であり、最終的に自分である。

各家庭も、それぞれに個性のある教育のスローガンを持ったらどうだろうか。

「人のいやがることはしない」「甘えるな」「自分を抑える力を持つ」「自分のことは自分でやる」「いじめをするな」

どのようなことでもいい。進歩を前提とすれば、スローガンは毎年変わることもあるだろう。人は変化して生きるすばらしさを持つ。

「教育の日」を制定することも考えられる。個人も家庭も学校も地域も、新鮮な思いで改めて問題点を発見するためである。地方公共団体はそれぞれの選択により毎年教育目標を定めることが可能になる。

他者への感謝と奉仕を忘れずに

今までの教育は、要求することに主力をおいたものであった。しかしこれからは、与えられ、与えることの双方が、個人と社会の中で温かい潮流を作ることを望みたい。個人の発見と自立は、自然に自分の周囲にいる他者への献身や奉仕を可能にし、さらにはまだ会ったことのないもっと大勢の人々の幸福を願う公的な視野にまで広がる方向性を持つ。

そのために小学校と中学校では二週間、高校では一か月間を奉仕活動の期間として適用する。これは、すでに社会に出て働いている同年代の青年たちを含めた国民すべてに適用する。そして農作業や森林の整備、高齢者介護などの人道的作業に当たらせる。

指導には各業種の熟練者、青年海外協力隊員のＯＢ、青少年活動指導者の参加を求める。これは一定の試験期間をおいてできるだけ速やかに、満一年間の奉仕期間として義務付ける。

そこで初めて青年たちは、自分を知るだろう。力と健康と忍耐する心を有していることに満足し、受けるだけではなく、与えることが可能になった大人の自分を発見する。障害者もできる範囲ですべての奉仕活動に加わるから、彼らもまた新しい世界を発見し、多くの友人を得るだろう。

私たち人間はすべて生かされて生きている。

誰があなたたちに、炊き立てのご飯を食べられるようにしてくれたか。誰があなたたちに冷えたビールを飲める体制を作ってくれたか。そして何よりも、誰が安らかな眠りや、週末の旅行を可能なものにしてくれたか。私たちは誰もが、そのことに感謝を忘れないことだ。

変化は、勇気と、時には不安や苦痛を克服して、実行しなければ得られない。

私たちは決して未来に絶望していない。道は厳しい。しかし厳しくなかった道はどこにもなかった。だから私たちは共通の祖国を持つあなたたちに希望し続ける。

教育の基本ルールとは

学生たちとの一万六千キロの旅

ある夏、ひさしぶりで、尼崎にある英知大学と武庫川《むこがわ》女子大学の学生さんたちと、中国の新疆ウイグル自治区まで旅をした。中年の息子は、英知でも武庫川でも教えていて、英知の国際文化学科の学生を中心とした研修旅行だという。

結論を先に言えば、気持ちのいい青年たちばかりで、本当に楽しかったのである。挨拶も礼儀正しいし、感動もきちんと口で伝える。その上、優しさを忘れない人もたくさんいて、そのちょっとした心遣いが、決して物見遊山とは言えない旅の空気を柔らかくしていた。

何しろ旅費を安く上げなければならない、というので、上海までは飛行機だが、その後中国領の最西端のカシュガルまですべて列車かバスの旅である。地上移動距離は一万六千キロに達するという。

もっとも私に言わせれば、毎日寝る場所があって食堂もある(来る日も来る日も羊肉が主なウイグル料理だが)、お湯も出る、電気もある(部屋の照明設備は薄暗くて私の眼では読書ができなかったホテルもたくさんあったが)、冷房も九〇パーセントはある、などという旅は、けっこうずくめなのである。

タクラマカン砂漠というのは、スウェン・ヘディンや大谷探検隊の記録で読んで以来、私の意識の中で大きな夢の土地になっていた。タクラマカンとは、生きて出て来られない場所、という意味だという。そのタクラマカンの舗装された砂漠道路を、冷房つきのバスは約七、八時間で抜けてしまう。その間中、私はかつてサハラを、友人五人と二台の国産の四駆で抜けた時のことを思いだしていた。

タクラマカンの砂漠縦断の距離は、多分四五〇キロ前後で、しかも道路は石油発掘の事業のために整備され、途中に食堂もある。しかしサハラを縦断する場合には、一四八〇キロの区間は水もガソリンもない。人一人いない砂の海である。ひたすら抜けるだけに、約五日はかかる。その間私たちは自分たちの車にガソリンや水を積んで移動し、満天の星の下で野営した。事故一つなく抜けてくれれば大したことはない旅行と言えるが、ちょっとした事故が命にかかわる場所が砂漠なのである。

ほんとうの砂漠とは

鳥取の砂丘は砂漠ではない。ほんとうの砂漠というものは、そこに入った人を簡単には救援する方法もなく、従って生存の保証もない所なのである。舗装した道路に送電線が並行して走っているようなら、それもほんとうの砂漠ではない。だからクウェートの砂漠も、アリゾナの砂漠も、砂漠とは言えない。私はオーストラリアの砂漠を見たことがないのだが、少なくともタクラマカンはこの道路の出現によって殺された、と言ってもいい。

自然破壊というと、川の護岸、ダムの建設、海の干拓、海岸の成形、山の切り崩し、道路の建設などのことだ、と日本人はすぐに反応するが、中国は三峡ダムを作り、タクラマカン砂漠の縦断道路を完成した。どちらも大きな自然破壊ということになるだろう。しかし人間は生きるためには、賢いことと共に愚行や蛮行も時にはしなければならないのである。

文明の恩恵に浴しながら自然が保たれることなどない。ホタルが夢のように飛ぶ土地には、必ず工業も産業もない。ホタルか雇用かどちらかを取るのが、人生だ。

タクラマカンでは、私が心情的に秘かに恐れていたような、道路に並行して走る高圧送電線は全く見えなかった。その代わり道路の両脇二〇メートルくらいずつに細かい碁盤目になったコンクリートの枡《ます》を埋めてその中に芦が植えてあった。芦そのものは枯れているように見えたが、その根は強力に砂丘に食い込んで、防砂の役目を果たしている。そういう人工の手が入っている土地は、これまた砂漠とは言い難い。

「ウェット・ティッシュー症候群」

十八歳の時、文化人類学で有名な名古屋の南山大学へ行きたいと言って一人で暮らすようになってから、息子と私は生活を共にしたことはなかった。

私も仕事に追われており、息子も大学の先生になってからは、教えることは好きらしく、お互いに関西と東京に離れて無事に暮らしている、という疎遠ぶりだったのである。そして三十年近く経って、私は初めて息子がこういう研修旅行をどういう目的で六、七回も続けているかを朧気《おぼろげ》ながら察することができた。すべて推測ではあるけれど。

息子は、学生やOB・OGたちに、嗜好品の食べ物や、洗面用具着替えなどの最低限の旅行用品以外に、食べ物を持って来ることを禁じていた。ただ最初に上海から四十九時間かかるトルファンまでの列車の旅に出る前に、私たちはカルフールというフランス系のスーパーに連れて行ってもらい、そこでめいめいが買い物をした。他の人が何を買ったか、私はほとんど知らない。

列車には食堂車はついていると知らされていたが、安くあげるためにカップヌードルを仕入れた人もあるようである。列車の食堂で中国料理のフルコースを食べれば七百五十円、売りに来るお弁当なら百五十円だが、カップヌードルならもっと安くて済むのだからいい方法だ。列車内ではいつでも熱湯が沸いている湯沸かし器が設置してあるから、カップヌードルは好きな時に食べられるし、私のように四リットル入りの水など買わなくても、健康に支障はない。

徹底して土地の食べ物を食べること。

土埃を浴びて暮らし、穴を掘っただけの臭気芬々《ふんぷん》の汚いトイレや野っ原で用を足すことができるようになること。つまり不潔に耐えることができるようになること。

この二つに学生たちが耐えられるようにすることが、差し当たりの息子の学生に対する教育の目的のように私には見えた。もっと高級な目的もあったのだろうが、私にはそれはわからなくてもいいことかもしれない。

息子は、学生たちの都会的なやわな神経を「ウェット・ティッシュー症候群」と名付けていた。何事にもまずウェット・ティッシューで処理しなければ落ちつかない、という病的な心理である。

その背後には、食事の前には必ず手を洗いなさい、としつけられ、抗菌ないた・抗菌布巾がないと不安を覚え、紫外線を恐れてUVを防ぐ化粧品を塗りたくらないと多分、皮膚癌になるだろう、と恐怖を覚えるような精神の硬直性を、少しでも取り除きたかったのだろう。

不潔に耐える訓練

私は決して息子と示し合わせた覚えはない。何しろ私たちは離れて暮らしていて、時には疎遠な親子と言ってもいい状態であった。しかし偶然私も長い間、不潔に耐える訓練を続けていたのだ。

子供の時、一人娘の私を絶対に死なせてはならない、という執念から、母はリンゴの皮をアルコール綿で拭いたり、十一、二歳までお刺身や氷水などというものを決して食べさせない、という潔癖主義で私を育てた。そういう生き方が不自然だという感じと、国中が貧困に耐えた戦中戦後の貧しい時期があったおかげで、私は不潔にも粗食にも馴れることこそ、自由を確保することだ、と自然に体で知るようになっていたのだ。

大人になって以来、私は食事の前に特に手など洗わないような暮らしをして来た。中年になって外国に行くようになると、ついさっき分厚く手垢《てあか》がついたドロドロボロボロのお札をいじったという記憶があっても、そのままサンドイッチを食べることを自分に強いた。

そして私はその結果肝炎をわずらったこともあるが、きれいに治って肝機能が悪いことも全くないし、そのおかげで行動と精神の自由を確保し、主に途上国ばかり百十か国の田舎や、エイズの多い土地などを歩いても、恐怖や緊張を覚えることもなかった。

誰しも育った土地の食べ物が一番おいしいと思う。それは何を意味するかと言えば健康が保てるということでもあるのだ。だから今度の新疆ウイグル自治区の旅では、人口の九〇パーセントを占めるウイグル人が食べているものを食べればいいのだ、というのが正論であろう。

学生たちは、指導教官である息子の命令に健気に従っていた。というより柔軟な感覚の人たちが揃っていた、という方がいいのだろう。鶏もたまには出るが、毎食のように、羊の肉と野菜の煮もの、羊のシチューを掛けた麵、羊の炊き込み飯などを食べ続けた。夏は新疆ウイグル自治区特産の素晴らしい野菜が供されるから、栄養は満点なのである。

学生たちは誰もが帽子をかぶっていたが、ウイグル人たちは、鍔《つば》など全くない四角い帽子を、老いも若きも頭に載せているだけである。だからと言ってウイグル人たちが大量に紫外線を浴び、その結果、皮膚癌でばたばた死ぬなどという話は聞いたことがないし、それどころか、非常に長寿な土地も多い、とガイドは言う。

整えられすぎた環境ゆえの不幸

学生たちのほとんどは、耐える力も、環境に適応する能力も充分に持っていた。

しかし、ここから先は一般論になるのだが、日本の教育は、安全第一、予防優先、被害者心理の保護、自発的意志だけを尊重する。それらはすべて悪いものではない。しかしそれらが、整えられるよくできた環境というものは世界中で非常に少ないし、整えられなければ不幸に思うといった感じが一般化することはまた、大きな不幸である。教育の基本ルールとは、

1、生きるということは、基本的に安全でないことなのだ。

2、予防ということは、どんなに考えても、落とし穴がある。

3、被害者を労《いたわ》るということは、改めて言わなくても昔から皆がやって来たことだ。しかし時には「労られることに甘えるな。自分で立ち上がれ」と突き放されることの方が、奮い立って楽な場合もある。

4、自発的意志だけをまっていては、教育も鍛練も決してできない。幼いうちは強制的に、子供が長ずるに従って次第に自発性を尊重するというのが、教育の順序である。

しかし日本の大人は、近来、こうした若い世代に対する教育の基本ルールを全く教えなくなった。つまりしつけは強制で悪いものだと考えるようになったのだ。だからよく言われていることだが、小学校や中学の時代をまともに終えて来たとも思われない原始人が、そのまま大学に入ってくるようになったのである。

その理由は、幾つか考えられる。

1、親や教師が、自分がいささかでもものわかりの悪い、口煩《うるさ》い大人だと思われたくないため、評判を恐れて相手が苦く思うことを言わない。後で先輩の言葉の厳しさに意味を発見してくれるということを全く信じない、という形で、実は若い世代をバカ扱いするか、徹底してお追従《ついしょう》教育をしてきたのである。

2、いささか辛い思いをすることの意味や楽しさを、ほとんど認めさせられない。自分自身が既にエアコン、マイカー、テレビなどを当然とする生活の中で育ったからだ。

だからスポーツ選手は金メダルを取るとすぐ「自分を褒めて上げたい」などと薄

気味悪いことを言う。まずこれは日本語のまちがいを含む。敢えて自分を褒めたいのなら、「自分を褒めてやりたいです」と言うべきなのだ。

周囲に対する配慮ができるか

もちろん誰でも自分を内心で褒めたいと思うことはあるだろう。しかし昔からそんなことは内心秘かに思って来たことなのである。自分が耐えて来たくらいの苦労は、他の人もやって来たことだろうから、自分を褒めたいなどと口にしたら笑われるに違いない、と自制的になるのが普通だった。

それに自分が金メダルを取れるほどの体力を維持できた理由の半分は親からもらった体にある（それが不可能な先天的に病気を持つ子もいるのだということを反射的に考えるのが、大人の配慮というものであった）。更に背後には、生産のための労働もせずにそのスポーツに打ち込むことを許してくれた社会（国家）の繁栄、練習をバックアップしてくれた家族や組織の存在がある。その上に、自分の努力が許されたのだ。

そうした周囲に対する配慮がない自己中心的な心情だから、人前で臆面もなく「自分を褒めて上げたい」などと言う。つまり、オリンピック選手に限らず、親も子供も、先生も生徒も皆、精神が自己中心的なのである。

3、その結果明らかになるのは甘えと、大人の小児化、つまり、いくつになっても心が成熟しない、という現象である。

自分の置かれた運命は自分で切り抜ける、何とかして生きて行くという気力も工夫もなくなっている。

しかし現実の生活というものはすべて完全でなくて当たり前なのだ。いかなる政府が、どれほどよく政治を整えても、生活が当人の望むほど完全になることはない、ということを、親も教師もマスコミも政治家も言わないで、嘘ばかりつくのである。

「安心して暮らせる生活」などない

政治家も嘘つきである。「皆さま方が、安心して暮らせる生活を……」などと平気で約束しているのでもわかる。「安心して暮らせる」世の中などどこの世にないことは、アメリカの同時多発テロ事件の時、世界貿易センタービルにいた人たちのことを考えれば悲しいほど明らかだ。

しかし何もこのような事件がなくても、一人前の大人なら、容易に「安心して暮らせる」現世などあるわけがないことはわかるのが普通だ。私ならその言葉一つで、逆に人生を知らない浅はかな人として、その政治家に強い反感を覚えて決して一票を投じる気にはならないだろう。

先日ある政治家に会ったら、ごく気楽そうに、「選挙演説なんて、何も中身のあること言っちゃいけないんだよ。そんなもの、本気で聞いてる人なんかいないんだから。それよりただ『ガンバロウ！』って威勢よく言ってりゃいいんだ」とおっしゃっていた。

私も立派な卑怯者なので、その場では反対もせずアイソ笑いをしていたのだが、選挙民というのは、ほんとうのことを言ったら満足しないバカなのだ、とその政治家は公言したのである。

つまり、「『安心して暮らせる生活』などというものが、この世にないことは、古来、文学者も哲学者も言っているところです。しかし『ましな暮らし』というものがあることは、私たちの生涯でも見聞きしてきたことです。ですから私は『安心して暮らせる』生活はお約束しません。しかしできる限り知恵を働かせて、より穏やかに暮らせるような社会にして行きたいと思います」

と言うと、「あの人は何だか頼りない人だね」ということで票が入らないことを、この人は実感と経験で知っているのである。ということは同時に「安心して暮らせる」社会が政治力でできるのかもしれない、と選挙演説を聞いているいい年をした大人がまともに信じているということだ。

最近では私自身が老齢になって来たので、身のまわりに若い世代が少なくなっているが、その故か戦後の貧困、夫や妻の浮気、ローン地獄、若くして発症した病気、家族との死別、など、言うに言われない苦い経験をした人はいくらでもいる。そうした経験をしない人の方がむしろ例外である。

私たちはそのような個人的な年月を通して、凡庸にしかし実感的に、この人生を学ばせてもらった。それらの体験を充分に味わうだけの時間を生きながら、それでもなお、安心して暮らせる社会が、政治家たちによって実現するものだ、と考える中年も老年もたくさんいるということだ。教育の不足は若い世代だけではない。中年も老年も、勉強不足なのである。多分読書をしなくなったからだろう。

誰もが本能的に持っている「癒す力」

最近、トラウマを癒すために社会や周囲が傷ついた人に力を貸すということが考えられるようになった。初め私はその「配慮」に感心した。昔は悲しいことがあると、私たちは人に隠れて泣いていた。気がついた周囲の素朴な人々が、ちょっとした甘いものや握り飯をくれて「頑張って生きるんだよ」と言ってくれる程度だった。

しかしトラウマを治すアフター・ケアーがあるというなら、もっと技術的にも巧みな方法があるのかもしれない。昔、風邪を引いても漢方薬の熱冷まししかなかった時代と違って、近代的な特効薬があるのだろうか、という気もしたのである。アフター・ケアーが一般化すると、人々は誰かが面倒を見てくれるだろう、と決めてかかるようになった。慰め手がないのは、社会や周囲が冷たいからだ、と考える。

しかしそんなものは、ほんとうはないのだ。

昔、小学生の私が、母の道連れになって自殺未遂にまきこまれそうになった時、私はあらゆる知恵を絞って、生き延びようとした。もちろん、私はどこかに誰か助けてくれる人や組織がないかと考えた。しかしどこにも助けてくれそうな人はいなかった。ほんとうに「どこにも」いなかった。その状況は今でも全く同じだろう、と思っている。

その結果、私は一人でノラ犬のように自分の傷をなめた。かっこ悪い方法だったが、どうにか生きてこられた時、私は一人で生きられたという微《かす》かな矜持《きようじ》を得た。決して「自分を褒めてやりたい」とは思わなかったが、内心秘かに「運がよかったなあ。助かったなあ」とほっとしていた。それは私にとっては、重く痛い日々だったが、その程度のことは市井の一隅の、「人さまにお話もできないような」ありふれた悲劇として、そのことを考えられるようになっていた。

今私がそのことを書くのは、それが大した体験ではなく、くだらない体験だから、かえって「ああ、私も同じだった」と安心してくれる人もいるかもしれない、と思うからだ。

ニューヨークとワシントンにいくら心理学者を送って被災者の心の癒しの手伝いをしても、ほんとうに癒す力は当人にしかない。自分で耐えよう、自分で解決しようと思わない限り、その人は立ち上がることはできない。そしてそのような本能に近い力は、ほんとうは誰でも持っているものだ、と思う。

うまくいかないのは誰のせいか

しかし現代人は、不幸に直面することさえない。大阪教育大附属池田小学校に異常性格の男が押し入って児童数人を刺し殺した事件の後、学校が悪い思い出のある校舎では勉強できないだろうという奇妙な配慮で、校舎を〝廃校〟にし、六億円余りをかけて別の校舎を建てたことなど、最も非教育的措置の好例である。

地球上はどこも人が死んだ場所だ。その死者の上に私たちが生まれ、また私たちも死んで行く。それを学ぶのも教育だ。

甘やかされた子供と、そうした子供のなれのはての大人は、無限に外界に要求する。同時にうまくいかなかったことはすべて誰かの責任にする。

4、そうした人々の特徴は、他罰的だということだ。

人生の成功不成功は、戦争、内乱、ひどい伝染病、天災などによる、個人が避けられない被害を受ける場合を除いて、すべて七、八割が当人の責任、残りが運である。その不運に対しては、知人友人が、癒される時間を稼ぐためにどれだけでも温かい手を差し伸べるべきだ、と思う。しかし自分の責任の部分を決めなかったらどうなるのだ。

他罰的な傾向は無限に不満を生む。「してくれない」という不満が蔓延する。これを「くれない族」というのだ。くれない族はかつては、老人特有の病気だったが、今では十代でも、三十代でも患者がいる。精神的異常老化病である。

ものごとの不備を正視する眼

無理もないかもしれない。戦後長く続いて来た日教組的教育は、個人の生活のゆがみは政治の貧困の結果だ、と教えた。要求することが市民の権利なのであった。しかしすべてのものの結果は、自分と他者と偶然と、この三つのものの結果だ、とは言わなかった。人は決して平等たりえない、とも教えなかった。

中学一年生の少女が、テレクラで知り合った中学教師に手錠をはめられ、彼の車で連れ去られようとする途中、逃れようとして車から落ちて死亡した事件で、あらゆる新聞は、この少女の責任にはほとんど触れなかった。

加害者が「あきれた教師」であることは当然だ。しかしこの十二歳の娘の行動は、セックスと金を結びつけた計算の上であった。少女は、その責任を全く問われないような初《うぶ》な娘、つまり弱者などでは全くない、むしろしたたかなティーンエイジャーであった。

この娘の父親が悲しみにくれて言葉もないか、「うちの娘も愚かでしたが、相手が無茶をしなければ愚かなまま生きていたでしょう」などと言ったら、私はまた深く打たれたろう。私たちは皆愚かな子供を持つ、愚かな親なのだ。しかしこの娘の父親は、ただ堂々と中学教師を非難した。私は白けた気持ちになった。

ものごとの不備を正視できるためには、「勇気」がいる。しかし発見すればそこに、温かい寛大な同感も悲しみも共有できる。しかし正視しないうわずった眼の孤独な大人ばかりが、亡霊のように怒りに満ちてうろうろしているのが現実である。

与えることを知らずして

親に恨みを持つ少年

十七歳の犯罪が立て続けに起きたのをきっかけに、学校にもカウンセラーを置くような制度の見直しが進められているが（二〇〇五年）、カウンセラーのところに相談に行くような少年は、たぶん既に救われているのである。

昔はカウンセラーなどというものもなかったが、私たちは、友達や、近所で話を聞いてくれる小父さん小母さんをその代わりにしていた。ある年になると、親には話したくない、話してもむだだと感じる領域ができるのもほんとうなのである。だからカウンセラーが必要なのだろうか。

犯罪に直行するような性格の少年は、人との関わりを信じていないのだから、たぶんカウンセラーのところになど寄りつかない。

親のやったことに深く恨みを持っている子供を私もよく知っているし、その親にも当然欠点がある。しかしたいていの子供は逞ましく親など乗り越えて行き、最後には結果的にそういう力を与えてくれた親に、私のように感謝するようになるのが普通だと思う。

親に恨みを持ち続けていられるのも、まず生活に苦労せず、他人とも深く関わりなしにやってこられたからである。多くの場合、それは親がその子を庇護した結果である。乞食をしなければ一家が食って行けないという家庭だったら、物乞いという辛い仕事の中で、時には屈辱的に他人に出会わざるを得ない。そういう少年たちを、私は世界のあちこちの国でたくさん見た。

幸も不幸も受け取り方次第

だから人間は、どんな境遇になっても不幸なのだ、とも言える。食べていけなければ、人間の基本的な安心は失われるが、生活が豊かでも、ほかの不満が必ず起きる。しかし同時に、どんな生活でも受け取り方次第では幸福なのだ。今晩食べるものが見つかったというだけで、貧しい家族は笑顔になれる。パン一個を買うお金を手にした日の幸せは、豪華な食卓につけるお金持ちなど、全く味わえないほど偉大なものだ。明日のパンはなくても、とにかく今晩の食卓に食べるものがあれば幸福そのものなのだ。

あって当たり前だから感謝する気にもならず、自分が与える側に廻れば満たされるという実感も体験したことがないままに大人になりかけている十七歳は、ほんとうにかわいそうなのだ。教育がその機会を与えなかったのだから、彼らだけの罪でもない。

日教組の先生方は、「要求することが市民の権利である」と教育した。その結果、受けるのが当然で、与えることなど全く意識にない精神構造の少年たちが生まれた。ようやく最近、ボランティア活動などが盛んになって、ごく普通の若者、中年、老年も、与えることの中にきわめて素朴な人間的喜びがあることを実感するようになった。

学校の先生方は、教育の荒廃はもう自分たちの手には負えない、と言っている。カウンセラーでことが解決するなどと思っていると、またもや「与える路線」のレールが敷かれるだけで、根本の解決にはならない。

教育は強制から始まる

意味もわからず仕方なく従うということ

教育改革国民会議の答申（二〇〇〇年）の中で、私が発案者として責任があるとされている部分、つまり学校で生徒たちに奉仕活動を義務づける制度に関して、いろいろな意見が出尽くしたようなので、一応答えを出しておくことにする。

反対の意見は「自発性がないものは教育的でない」「個性重視の教育と反対方向」「とにかく強制はいけない。戦時中の動員を思わせる」「軍国主義的方向」などというものであった。

こういうことを論じる時、私はどうしてこうも一元論になるのかといつも不思議に思う。

教育は「幼い時」と「新しくあることを始める時」には、往々にして強制の形を取るのである。それは長じた時と別だ。

まず小学校へ上がる。これも修学の意味を理解して自発的に学校へ行く子など例外だから強制である。「お姉ちゃんの行くのを見ていたから」というのはましな方で、普通は何が何だかわからずにランドセルを背負わされる。私のように閉所恐怖症があったので、教室の戸が閉められると怖くて泣き続けだった子も、仕方なく馴れて学校に耐えられるようになる。

家元と名のつくような家の子供たちは、それこそ有無を言わさぬ強制から修業が始まる。数え六歳の六月六日に初めての稽古が行われる、と聞いたことがある。

しつけというものもすべて強制だ。

子供はお辞儀の仕方から時候の挨拶まで、親に言われたことを意味もわからずに渋々その通りにする。歩く時は右側通行、電車に乗る時に切符を買うこと、食事の前に手を洗うこと、学校に入るのには入試という制度を経なければならないこと、すべてこれらの制度にはうんざりするような圧迫感がある。自発的に納得したのでもないが、仕方なく従うのである。

そのうちに、お辞儀が最も穏やかで簡潔な人間関係の基本だと理解し、日本では左側通行を守らねばひどい交通事故が起きることがわかる。雑菌の多い土地に行けば手を洗う方が病気にかからないで済む確率が高くなることを理解し、同じ程度の学力の学生が集まる方が効率のいい勉強ができることを認識するから、渋々入試制度を承認する。

すべての教育は、必ず強制から始まる。イヌを、イヌという言葉で覚えさせるのだって立派な強制だろう。私がイヌをワニと言いたい、と主張したら、意思の伝達は損なわれ、学問の世界も混乱する。しかし異常事態でない限り、強制をいつまでも続ける必要はない。「幼い時」と「新しくあることを始める時」強制の形で始まったことでも、やがて自我が選択して、納得して継続するか、拒否して止めるかに至る。

私はピアノを習わせられたがどうしても好きになれなくて中断し、小学校一年生から日曜毎に強制的に書かされた作文の練習は好みに合うようになって作家になった。

義務的に奉仕活動をさせられて、うんざりだ、まっぴらだ、という人は必ず出るのである。その時、その子供か青年は、自分がどのような仕事に就いて、どのような生涯を送ればいいかを明確に再発見できる。奉仕活動は「案外おもしろかった」という人は多いが、そのような人たちは、それをきっかけに、生涯、受けるだけでなく与えることのできる精神の大人に成長する。

人は、快い幸福な経験からも学び自己を発見するが、不快で不幸な体験からも人生を知るのである。もちろん不快で不幸な体験が役立つからといって、ことさら戦争や病気や体を壊すほどの労役をさせようと思う人は誰もいない。

強制的に体験させた方がいいこと

やや強制的な奉仕活動は、既にあちこちの学校や団体がやっているのだ。だからそのままにしたい人だけがすればいいのではないか、という説があるが、一九八四年から約三年間続いた臨時教育審議会の時も、二〇〇〇年に行われた教育改革国民会議の時も、それではだめだ、という理由が明らかになっている。

つまりやる気のある子は、もう既に奉仕活動の楽しさを知っている。しかし、今回の意図は、常にその年に流行する化粧やファッションにどっぷりと浸かって本など読まず、ケータイを手放せないような若者たちに、どうしたら人に尽くす生活もあるのだということを教えられるかなのだ。彼らは、大人たちからは奇異な目で見られているが、しかし心根《こころね》は優しい子が多い。彼らに奉仕活動を通じて、優しい心をかける対象を見つけさせるには、強制的に動員して体験させる他はないのである。

いつかテレビで、金髪のタレント娘三人が、自衛隊に一日入隊して鬼陸曹のしごきを受ける番組があった。私も視聴者の一人としていつ三人がやめるだろうかと内心期待して見ていた。一人はすぐ脱落したが、二人はとうとうゴールで倒れ込むまで頑張った。そして「よくやった！」というぶっきらぼうな一言の褒め言葉をもらって、涙が止まらないほど泣いたのである。

改めて言っておくが、奉仕活動は軍事教練ではなく人と社会を助ける作業にだけ適用される。しかし多分、三人に二人の割で人生に自信をつけて帰る子がでるのである。

「したくないこと」をする

したいことだけするのは、幼児性の表れ

私は日本の若者たちに希望を失ったことは一度もない。彼らの多くは誠実で知能も体力もある。ただそれを鍛えていないから、外から見ると無気力で心が満たされていないように見えるらしい。

以前、インドのガンジス河に面したバナラシに行った時、そこでインド風の宿屋に長逗留《ながとうりゅう》をしている日本人の若者たちに会った。同行した私の知人も今は若い中年で立派な技術を持って日本で働いているが、かつてはここの住人だった。

そこは一泊百円くらいで泊まれるので、中には四年間も暮らしている人がいたと言う。彼らは一日中何もしない。テラスに座って河を眺め、楽器をいじり、世界中からやって来る若者たちと喋ったり、ただぼんやりしたりしている。

その手の若者は、今もいた。宿賃は今も大体同じ値段だという。大部屋は、男女同室で十数人分のベッドが並んでいた。そこだけは沈黙が守られているのは、昼でも眠っている人がいるからである。

テラスにいた日本人の若者たちは、誰も素直で感じのいい青年たちであった。就職前の一定期間を利用している人、会社を辞めてやって来た人、親からはもう諦められていると言う人、さまざまである。人生で無駄な時間はない、とも言えるが、彼らは今でもやはり一日中漫然とたばこを吸い、日記を書き、河を見つめていた。誰もが自分でアルバイトをしてお金を貯めて来たと言う。一応の独立心もあるのだ。

私はそこにインド人の神父を同行していた。謙虚で頭のいい、率直な人である。日本の若者たちの印象を聞くと、誰もが幸福そうに見えなかった、と言う。彼らは皆、自由、経済力、健康、知能、すべてを持っているのに、である。

どうしてそう感じたのか、と聞くと、「彼らは自分がしたいことをしているだけで、人としてすべきことをしていないからだ」と明快な答えであった。

したいことだけしようとするのは、つまり幼児性の表れである。大人だってほんとうはしたいことだけしていたいのだが、そうはいかない。やはりすべきことをしなければ、と思う。そして思いがけないことだが、したくないこともした時、初めて、人は自分が必要とされている存在であることを感じ、現世に生きている意義を見つけて、不思議なことに心が満たされるのである。もちろん例外もあるが、多くの人はこういう心理の経過を辿《たど》る。

人に与えても、決して減らないもの

日本の間違いは、もう立派な大人の年でありながら、大人の行為をしようとしない「モラトリアムの子供」を多く育て、抱えるようになったことだろう。

人は受けている時には、一瞬は満足するが、次の瞬間にはもう不満が残る。もっと多く、もっといいものをもらうことを期待するからだ。しかし自分が人に与える側に立つ時、ほんの少しでも楽しくなる。相手が喜び、感謝し、幸福になれば、それでこちらはさらに満たされる、という不思議さは、心理学のルールとしては基本的なものだろう。

あらゆる物質は、こちらが取れば相手の取り分は減る、というのが原則である。食料でも空気中の酸素でも日照権でも、すべてこの原則を元に考えられている。しかし愛だけは、この法則を受けない。与えても減らないし、双方が満たされる。

若者たちにはいささかの苦労をさせて、庇護されるか自分のことだけをするのではなく、他人を庇護し愛を与える立場に立たせることだ。それが活力と存在感のある大人になる唯一の方法なのである。

労働の快感

都会育ちの若者たちと孟宗竹《もうそうちく》の伐採《ばっさい》を手伝う

十日余り雨模様が続いた後、奇跡的な晴天に恵まれた金沢で、私は郊外の雑木林に侵入した孟宗竹の伐採の仕事を手伝わせてもらった。同行した六人のボランティアは、五人の若い日本財団職員と、夏の間財団に実習に来てくれていた一人の東大大学院生である。

竹は雑木林に入ると猛威をふるう。日差しを遮《さえぎ》って昼なお暗い森にし、木を取り囲んで最後には枯らしてしまう。昔は人を入れて竹を駆逐していたのだが、今では誰も働き手がないので放置したままになり、その結果、山は荒れ放題になっている。

財団の職員たちは、里山の保全などにも働いているのだが、全員が都会育ちで山の体験など多くはなかった。先方もよくそれを知っていて、傾斜がきつい斜面では足場を確保することもできないだろうと思ってくれたらしく、ちょっとした丘のような場所を伐採地に指定してくれた。

初めは誰ものこぎりの歯を獰猛《どうもう》な竹に取られ、数分間に一本切るのがやっとだった。しかし一時間ほど経つと、どの竹から切ると搬出が楽かといういわゆる手順も読めるようになり、一分間にあちこちで数本の竹が倒れて来るほど能率が上がって来た。

ボランティアの基本は、独立して生きていく精神

その日がいい天候である幸運を私は感謝もせずに、

「これでは訓練になりませんね。みぞれまじりの手のかじかむような日だったら冷たさが身にしみてよかったのに」

などと嫌がらせを言っていたのだが、一本の竹が倒れるとさっと日差しが躍り込む爽快《そうかい》さは、確かに予期せぬ贈り物であった。

真っ暗だった地面のところどころに、実に数年か十数年ぶりに木漏れ日が入る。するとすでに弱々しく生えていた実生《みしょう》の雑木も大きくなることが保証されたようなも

のである。

来年は掘り立ての筍《たけのこ》を食べに来て、と言われた時、筍をそんなにごちそうになっては悪いと思ったのだが、筍のうちに食べれば、こんな騒ぎも少しは減るというのである。

わずか三時間半ほどだったが、素人にしては作業の痕跡も残せた。一〇メートルはありそうな竹が、青空を背景にばさりと豪快に倒れて来る快感は、実感しないとわからないと皆思っているらしい。来年はチェーン・ソーを数台入れて、切る係と捨てる係を初めから分業にすれば、ずっとはかが行くだろう。仕事が終わったら近くの野天風呂で入浴を済ませ、寝袋持参で、ご飯も竈《かまど》を借りて自分たちで煮炊きをする計画など立てている。独立して生きて行く精神がボランティアの基本だからだ。

私が教育改革国民会議でボランティア活動を義務づけたいと思ったのも、若者たちに、この労働の快感と、国土は自分たちの手で経営する他はない、という基本的な認識を持ってほしかったからである。

振袖より作業服

成人式、そんなに嫌なら出なければいい

もう何十年も前、さわがしい成人式に出てからは、成人式というものがこの世にあることを忘れることにしたから、ワルクチを言う種もなかったが、その後も一部の成人の幼稚で愚劣な行動のおかげで、講師たちは怒るか見捨てるかし、ほかのまじめな成人たちも迷惑を被ったはずである。

成人式は、どうしても出席しなければならないものではないのだから、嫌なら最初から出なければいい。そもそも式というものは、そこで喋るものでもないし、中座していいものでもない。もし予定があるなら、最初から式場に入らず、喋りたければ最初から喫茶店に行くことなのだ。

人生いたるところに「場の約束」というものがあるのに、二十歳になってもその

ことさえわからない青年がいるのだ。祈りの場、会議の場、商売の場、病気を治す場など、社会はそれぞれの目的の違う場を持っている。その目的の違いを理解できない新成人がいるなら、主催者は教育的意味からも、厳しい態度をもって騒いだり喋ったりしたら退場させ、最初から中座は許さない、と宣言してもいいのである。

今年は大分多くの新成人が礼儀正しくなったようだが、それでも私はまだ気の毒な成人式だと思う。それは成人しても大人になったということはどういうことかを、社会が一向に体験として教えようとしないからだ。

大人になるいちばん簡単な方法

大人になるということは、今日から、その人が受ける側ではなく与える側になった、ということだ。二十年間、彼らは未成年として、もっぱら受ける側にいた。しかしその日から、一切の責任は自分にあり、かつ自分より弱い人を庇って、その人々を生かすという光栄ある仕事にも就ける、ということになったのだ。

それなのに、成人式はただお振袖を着て、そわそわするばかり。それより成人式には作業服を着て何らか社会のためになる仕事をする、という企画があってもいいのに、と思う。

一日だけお年寄りの家を訪ねて、ゆっくり話し相手になったり、車椅子を押して公園に行く、という手もあるだろう。その日だけ数時間、近所の公共の空間を掃除する仕事も考えられる。

とにかく「与える側」に廻ることが、大人になった証なのだ。与えさせない限り、子供は大人になる方法がわからない。うっかりすると、そのまま受けることばかり考える永遠の子供として、不登校やひきこもりになったり、フリーター以外の仕事には就けなくなったりする。

自立とは、責任と制約の上に立ち、なすべき任務を遂行することだ。それでこそ人生は日々刻々濃密に満たされる。それを味わわせるには、与えさせることなのだが、戦後教師たちは、人権とは（与えることではなく）要求することだ、と間違いを教え続けたのである。

凧《たこ》が空高く飛べるのは

自由と社会人としての義務の関係

私は産経新聞の「朝の詩」の愛読者だが、五月十五日付（二〇〇三年）の宮川優さんという方の詩は、文学的な気分を離れて、強烈な社会的な意味にうたれて拝読した。引用しなければ、記憶しておられる方も少ないかもしれないので、再びご紹介させて頂く。

「凧が空高く飛べるのは
誰かが糸を
引っぱっているから
でも凧は

その糸さえなければ
もっと自由に
空を飛べると
思っている
その糸がなければ
地上に
落ちてしまうのも
知らずに」

今の若者たちは、自分の責任において自由に暮らす分には、少しも悪くない、誰に文句を言われる筋合いもない、と思うから、フリーターもたくさん生まれる。もちろんほんとうに職がないから止むなくフリーターをしている人もいるのだが、親に少しお金を援助してもらったり、親の家に住まわせてもらったりしていれば、フリーターで何とか生きていける、というわけだ。

作家の生活でも若い時代に誰もが同じような不安定な生活を強いられる時があ

る。危険を冒して小説一筋に貧乏にも耐え自ら退路を遮断して作家になる道を選ぶか、最低の職業だけは放棄せず夜と週末にだけ書いて一人前になるか、いずれかであった。この二つの道は、どちらがいいとか悪いとかいうものではない。当人の性格、到達への道程の選び方で決まるのである。

自由とは、自分がしたいことをすることではなく、するべき義務を果たすことだという。

昨今増えつつあるフリーターを寛大に容認することには、いささかの問題もある。もちろんほんとうに職のない人もいるが、青年もまた社会人としての義務を果たさねばならないからである。一定の年になったら、自分の将来を設計し、親の晩年の生活をみるのが義務だろう。逆説的だが、人間としての義務に縛られてこそ、初めて凧は悠々と悲しみと愛を知って空を舞う。

ボランティアは身近な人に手を差し伸べることから

最近はボランティア活動も盛んだが、気になる傾向もある。ボランティアは、身近な人から手を差し伸べるのが順序だが、遠くの人、今なら流行の「イラクの戦後処理」のようなマスコミのハイライトを浴びる面にだけ、馳《は》せ参じたがる人もいる。ボランティアは、まず自分の親兄弟や、隣に住む老人など、身近な人の困窮を見捨てないことだ。

凧の糸は、失敗、苦労、不運、貧乏、家族に対する扶養義務、自分や家族の病気に対する精神的支援、理解されないこと、誤解されること、などのことだ。それらは確かに自由を縛るようには見えるが、その重い糸に縛られた時に、初めて凧は強風の青空に昂然《こうぜん》と舞うのである。

本書は二〇〇五年一〇月、小社より刊行された『「受ける」より「与える」ほうが幸いである』を再編集、改題したものです。

曽野綾子（その・あやこ）

1931年、東京生まれ。54年、聖心女子大学英文科卒業。79年、ローマ教皇庁よりヴァチカン有功十字勲章を受章。87年、『湖水誕生』で土木学会著作賞受賞。93年、恩賜賞・日本芸術院賞受賞。97年、海外邦人宣教者活動援助後援会（JOMAS）代表として吉川英治文化賞ならびに読売国際協力賞受賞。98年、財界賞特別賞受賞。2003年文化功労者となる。1995年から2005年まで日本財団会長、1972年から2012年まで海外邦人宣教者活動援助後援会代表を務める。2012年、菊池寛賞受賞。
著書に『無名碑』（講談社文庫）、『神の汚れた手』（文春文庫）、『天上の青』（新潮文庫）、『完本　戒老録』（祥伝社文庫）、『老いの才覚』（ベスト新書）、『老いを生きる技術』『人生は、いいものだけを選ぶことはできない』（だいわ文庫）、『夫の後始末』（講談社）、『女も好きなことをして死ねばいい』（青萠堂）、『人生の決算書』（文藝春秋）他多数。

だいわ文庫

なぜ子供《こども》のままの大人《おとな》が増《ふ》えたのか

著者　曽《そ》野《の》綾子《あやこ》

二〇一一年五月一五日第一刷発行
二〇二五年四月一日第一一刷発行

発行者　佐藤靖
発行所　大和《だいわ》書房
東京都文京区関口一—三三—四　〒一一二—〇〇一四
電話　〇三—三二〇三—四五一一

装幀者　鈴木成一デザイン室
本文印刷　信毎書籍印刷
カバー印刷　山一印刷
製本　ナショナル製本

ISBN978-4-479-30337-4

http://www.daiwashobo.co.jp

だいわ文庫の好評既刊

河合隼雄

対話する生と死

ユング心理学の視点

東と西、男と女、親と子…対話が不足すると深刻な摩擦が生じる。本書は、誰もの人生を後押し！　河合心理学がもつ底力がここに！

740円
2-1 B

蔡志忠 作画
玄侑宗久 監訳
瀬川千秋 訳

マンガ　仏教入門

仏陀、かく語りき

欲望をなくせば自由な境地が得られる。仏陀が弟子に語った言葉には現代を生きる知恵がいっぱい。仏教はこんなに新しくて面白い！

580円
3-1 B

蔡志忠 作画
玄侑宗久 監訳
瀬川千秋 訳

マンガ　仏教的生き方

真理と実践の方法

仏陀が説いた生き方をマンガでやさしく解説。物に心乱されず、精神の平安を保って楽しく生きる秘訣が満載。喜びは自分の中にある！

600円
3-2 B

玄侑宗久
有田秀穂 共著

脳のちから　禅のこころ

坐禅とセロトニンの科学

瞑想や読経、呼吸法など行動そのものに集中すると脳内のセロトニンが活性化する。心身を若々しくする法を僧侶と科学者が語り合う。

780円
3-3 B

＊印は書き下ろし

定価は税込み（5%）です。定価は変更することがあります。

だいわ文庫の好評既刊

本田健
ユダヤ人大富豪の教え
幸せな金持ちになる17の秘訣
「お金の話なのに泣けた!」「この本を読んだ日から人生が変わった!」……。アメリカ人の老富豪と日本人青年の出会いと成長の物語。
680円
8-1 G

本田健
ユダヤ人大富豪の教えII
さらに幸せな金持ちになる12のレッスン
「お金の奴隷になるのではなく、お金に導いてもらいなさい」。新たな出会いから始まる、愛と感動の物語。お金と幸せの知恵を学ぶ!
680円
8-2 G

*本田健
30代にしておきたい17のこと
30代は人生を変えるラストチャンス! ベストセラー『ユダヤ人大富豪の教え』の著者が教える、30代にしておきたい17のこととは。
600円
8-8 G

*本田健
40代にしておきたい17のこと
40代は後半の人生の、フレッシュ・スタートを切れる10年です。『20代にしておきたい17のこと』シリーズの4弾目。
600円
8-11 G

*印は書き下ろし

定価は税込み(5%)です。定価は変更することがあります。